JN070389

「もし今後なにかとても辛いことがあったら、
このブローチを握って僕のことを呼んで欲しい。
必ず駆けつけるからね」

Contents

「僕と結婚しよう」 …… 06
私の過去 …… 30
好きな子が妹になった …… 50
僕が彼女を幸せにしたい …… 63
戸惑う気持ち …… 73
怪我をしたラル …… 83
七年越しの想い …… 99
フランカ王女の企み …… 121
違う相手と …… 163
兄妹ではない存在 …… 173
ラルの友人 …… 192
安らげる人 …… 202
女同士の話し合い …… 220
甘い時間 …… 229
厄災の種 …… 237
元義兄 …… 242

番外編①ラディの特別 …… 268
番外編②王女とラディ …… 280
番外編③今はまだ、知らない …… 290

あとがき
302

婚約者に浮気された直後、過保護な義兄に
「僕と結婚しよう」と言われました。

◆「僕と結婚しよう」

『君はなんて美しいんだ。愛しているよ、フローラ』

……フローラって、誰？

あなたの婚約者の名前はエレアよ。一文字も合っていないわよ、ポール様。

扉に耳を近づけると、部屋の中から知らない女性の名前を囁(ささや)く婚約者の声が聞こえた。

私は一人で目をぱちくりさせながら、もっとよく聞こうと更に強く扉に耳を押し当てる。

『――本当に素敵だよ、君は誰よりも美しい』

『でもあなた、婚約者がいるじゃない』

『あれとは家のために仕方なく婚約しただけだ。僕の心は君だけのものだよ、フローラ』

……時々二人の声が同時に途切れるのはどうしてかしら？

今夜は王城で夜会が開かれていた。

私は社交界デビューしたときからずっと兄にエスコートしてもらっていて、今夜も兄とともにパーティーに参加していた。

侯爵家の嫡男(ちゃくなん)である兄が王女様と一曲踊っているとき、ポール様がまた女性と姿を消したことに気づいた私は、あとをつけてみることにした。

彼は夜会の場でよく、女性とともに姿を消す。私も婚約してすぐの頃、部屋でゆっくり話をしないかと誘われたことがある。

婚約したとはいえ、好きでもない、ましてやよく知らない男性と二人きりになるのは遠慮したくてお断りしたら、それからポール様の態度が冷たくなった。

とにかく、パーティー会場から出たポール様は、「具合が悪くなったので部屋を貸して欲しい」と王宮の侍女に告げ、その女性をこの部屋に連れ込んだ。

うーん、どうしましょう。ここはバーンと勢いよく扉を開けて「婚約者（私）という存在がありながらなにしてるのよ!!」って、強気に登場すべき？

それとも「ポール様……！　一体なにをされているのですか……？」と、か弱く泣き崩れるべき？

どちらが正解かなんて考えているあたり、私は結構冷静ね。

あの日から、私が十七歳になるまでの五年間。キルステン侯爵夫妻は私をとても可愛がり、大切に育ててくれた。

そんな侯爵夫妻のためにも、私は扉の向こうでフローラさんとかいう女性とよろしくやっている婚約者——ポール・ヘルテン伯爵令息と結婚しなければならない。

だけど本当は、こんな婚約白紙になってくれればいいと、心のどこかで願ってもいた。

だから神様がその願いを叶えてくれて、このまま黙っていれば彼に婚約破棄されるかもしれないと期待してみる。

『――じゃあ、彼女とは結婚しないの？』

今私が一番聞きたいことを代弁してくれるフローラさんは、空気が読める。

『形だけの結婚はするよ。彼女はキルステン侯爵家の娘だからね。でも金が手に入ったらすぐに君を呼び寄せると約束しよう』

『あら、本当？』

――でも残念。どうやら婚約破棄(それ)はないみたい。

キルステン侯爵家は代々騎士の家系で王族に仕(つか)えており、大きく力をつけてきた。

そのキルステン家と関係を結ぶことができれば、確かに大きな利益が得られる。

でも私は、大切な両親のお金をそんなふうに利用しようとする人との結婚は、やっぱり嫌。

「――よし！」

だから意を決して大きく深呼吸すると、扉を四回ノックした。

コン、ココン、コン――。

「ポール様、ご気分が悪いのですか？　入りますよ」

「――え？　エレア――!?」

最低限(ノック)の礼儀(四回)は尽くした。許して欲しい。

だから返ってくるはずがない〝どうぞ〟の返事を待たずに、私は慌てた演技をしながら勢い

よく扉を開いた。

「あ――」

「……まぁ！」

私の目に飛び込んできたのは、ドレスの裾が捲れ上がり、ベッドの上で白い脚を露（あらわ）にした、黒髪の色っぽい女性。

そして、せっかく今夜のパーティーのために正装していたのに、襟元をだらしなく乱した、私の婚約者の姿。

女性の腕は彼の首に絡みつき、彼の手は彼女の太ももに這わされている。

「ちちち、違うんだエレア!!」

私と視線を合わせてようやくその太ももから手を離すと、ポール様は絵に描いたように顔色を悪くして私に両手を向けた。

「彼女が……その、気分が悪くなったと言うからここまで運んで……本当にそれだけだ！」

言いながらベッドに乗り上げていた脚を下ろすポール様の口元には、真っ赤な紅（べに）がついている。

彼にそんな趣味はないはずだし、その口紅はベッドに寝ている女性の唇と同じ色。

つまり、そういうこと。

「……はぁ」

黒髪美人の〝フローラさん〟らしき人が、ポール様の慌てふためきぶりを見て呆れたように溜め息を吐くと、立ち上がって赤いドレスの裾を払った。

それから何事もなかったかのような顔で軽く髪を撫で、まるで自分の役目が終わったとでもいうように部屋を出ていった。

フローラさんのあまりにも毅然とした態度に、私はなにも言えずに彼女を視線で見送るだけ。

見たことのない顔だけど……彼女もなかなか場慣れしている気がする。

これは、ポール様は遊ばれただけなのでは？　と、思ってしまう。

「行ってしまいましたよ？　追わなくていいのですか？」

「あ……いや」

「愛しているのですよね？　フローラさんのこと」

どんな言い訳をするつもりかはわからないけれど、先ほどの台詞は聞こえていたということを彼に教えてあげる。

「違うんだ、エレア！　あれは……」

すると元々白い顔を更に青白くさせて、ポール様は焦げ茶色の髪をぎゅっと掴むように頭に手を置いた。

「いいのですよ？　あの方を愛していらっしゃるのなら、私との婚約は破棄してくださっても」

「違う、彼女を愛してなどいない！　あれは言葉の綾というか……本気じゃないんだ、わかるだろう？」

　わからない。そんなのわかるわけがないし、わかりたくもない。

　だいたい、そんなこと言われて私が「なぁんだ、嘘でしたの！　よかったぁ」って、安心するとでも思っているのかしら？

「エレア……僕だって本当は君と愛を育（はぐく）みたいと思っているんだよ。でも婚約したというのに、君は全然僕の相手をしてくれないじゃないか」

　相手とは、一体なんの相手でしょう？　でも、なんとなくその答えは聞きたくない。

「――ねぇ、可愛いエレア。怒らないで」

　浮気現場を私に見られて焦（あせ）ったのか、急に猫なで声になり、媚びるような目を向けて歩み寄ってくるポール様。

　……気持ち悪い。

「ねぇ、エレア」

「触らないでください」

　肩に手を伸ばされ、思わずその手を払う。

「……なんだよ、お高くとまりやがって！　僕が触れるのも嫌なのか！　侯爵家の本当の娘でもないくせに!!」

　すると本性を現したのか、ポール様は突然カッと顔を赤くして叫んだ。

「君だって僕より兄君と一緒にいるじゃないか！　血も繋がってないくせに！　だいたいあの男、妹にべたべたしすぎだろ！　本当は君のことが好きなんじゃないのか!?」

「そんなことあるわけないじゃないですか」

手を払われたことがそんなに面白くなかったのか、ポール様は両手で強引に私の肩を強く摑むと、ドンッと壁に押しつけてきた。

「痛……っ」

「なぁ、そうなんだろ？　あいつは侯爵家の嫡男のくせに、いつまでたっても婚約者を決めないしな。義理の妹のことが好きなんだ！　だから君も僕に見向きもしないんだ！　そうだろう!?」

私の話を聞く気がないポール様が、興奮気味に叫んだ。

時々彼の唾が飛んできて、とても不快。

「僕は悪くない!!　婚約者がいるのに先に浮気したのは君だ!!」

……どうしてそうなるのよ。

どうやらこの人はよほど自分の非を認めたくないらしい。

せっかく良家の生まれで見た目も悪くないのに、本当に残念な人ね。

「私と兄の間にはなにもありませんよ」

「いいや、僕とはカモフラージュのために結婚をするつもりなんだろう！　僕を騙(だま)したな!!」

「……話を聞いてください」

確かに義理の兄であるラルフレットのことを、私は心から慕っている。

だけど、私が兄と浮気だなんて……そんなこと、あるはずがない。

だって一応兄妹だもの。ポール様が言うように、血は繋がっていないけれど。

「それより離してください。痛いです」

強く掴まれている肩と、壁に押さえつけられた背中が痛くて、とりあえず落ち着いてもらおうと、私は冷静に声をかける。

だけどそれがまた気に食わなかったのか、ポール様は私の肩を掴む手に更に力を込めると、大きく舌打ちした。

「この――」

「エレア!!」

そのときだった。

壊れてしまうのではないかと思うほど勢いよく扉が開き、ゴールドベージュに輝く美しい髪を揺らして、ラルが現れた。

「なにをしている!!」

「……ラルフレット様っ!?」

私からポール様を引き離すと、ラルは鋭い視線を彼に向けた。

ポール様も、次期キルステン侯爵を前に怯えた声を出し、無抵抗であることを示すように両手を上げた。

「女性に乱暴するとは何事か」

「いえ……これは……!!」

王宮勤めの騎士でもあるラルの後ろから、数人の騎士が入ってくる。

「話は後でゆっくり聞こうか」

「違うんです、乱暴なんて、そんな……! ただ話をしていただけで……!!」

「エレアと同じ空気を吸わせるのも耐えがたい。連れていけ」

苛立ちを隠しきれない様子のラルの声を合図に、騎士たちはポール様の両脇を抱え込む。

「ラルフレット様! 誤解です! 違うんです! 僕は乱暴なんて――」

「あなたには素敵なご趣味がおありのようだ。似合っていますよ、その真っ赤な口紅」

「……あ、これは………」

汚物を見るように顔をしかめたラルの言葉に、ポール様は口元を手で覆って言葉を詰まらせたけれど、今更遅い。

もうなにも言えないまま、騎士にずるずると引きずられて、彼は静かに出ていった。

そんなに長く拘留されることはないだろうけど、この事実はすぐに父であるキルステン侯爵の耳にも入るはず。

父は元騎士団長を務めていた人。今は引退しているけれど、未だに国王と親交があり、信頼も厚い。

本当の娘ではない私のことをとても大切に育ててくれた父に伝われば、この婚約は間違いなく白紙になるだろうし、ポール様の評判が地に落ちるのは目に見えている。

社交界には噂好きの者たちが多い。

彼の人生、終わったわね……。

ぼんやりとそんなことを考えながらポール様の背中を見送ると、兄、ラルフレット・キルステンが私に向き直った。

「大丈夫か、エレア」

「……ええ」

今日は肩を出すデザインのドレスを着ている。その肩が、ポール様に強く摑まれたことにより赤くなっているのが自分でも確認できる。

「ああ……ひどい。こんなに赤くなってしまって……」

我ながら痛々しいその痕に、ラルは凜々しい眉をくしゃりと寄せてひどく悲しげに私を見つめた。

怒りと悲しみと悔しさが、そのサファイアのような青い瞳に宿っている。

けれど、そんな表情すらも美しい人だわ。

ラルが来てくれたことに心から安堵する。ラルの声を聞くと胸に熱いものが込み上がってくる。

「……ごめんなさい」

そのことに対する後ろめたさと迷惑をかけた申し訳なさで目を逸(そ)らしてしまったけれど、私はすぐに小さく笑みを浮かべた。

私が悲しい顔をすればきっとラルはそれ以上に苦しくなる。彼は優しい人だから。

「なぜエレアが謝る」

「だって……」

この婚約は駄目になる。

いくら相手があんな男でも、これはお父様が取り持ってくれた、良家である伯爵家嫡男との縁談だった。

きっとお父様は「気にするな」と言ってくれると思う。でも、ことが大きくなってしまったから、また迷惑や心配をかけてしまう。

それを思うと本当に申し訳ないけれど、こうなってよかったという思いもふつふつと湧いてきている。

「私はまたラルに迷惑をかけてしまったわね。それにお父様とお母様もきっと悲しむわ」

私はまたこの家族の足を引っ張ってしまうのね。

浮気くらい、目をつむって我慢すればよかったのかもしれないけれど、婚約者の度重なる不貞に我慢ならなくなった。

それにさっきの言葉。

私がキルステン侯爵家の娘だから、お金のために結婚するという話も、私が扉を開ける後押しとなってしまった。

キルステン侯爵家ほどの家の娘になったのだから、その力や財産目当てで婚姻を求められることも覚悟していたけれど……あそこまであからさまに言われるのは嫌。

「本当にごめんなさい。私にもっと魅力があれば、他の女性に目移りなんてさせないのに」

内心だけで深く息を吐き、表ではもう一度笑顔を浮かべた。

本当にそうだわ。さっきのフローラさんのように、出るところはしっかり出たスタイルのいい女性だったらよかったのに。

顔だって美人で、性格ももっとおしとやかで賢くて、それでいて社交的で華やかさも兼ね備えていたら、ポール様だって他の女性に目移りすることなんてなかったかもしれない。

私がもっと、魅力的だったら――。

「……ラル？」

そんなことを考えて胸が苦しくなっていたら、突然ラルにぎゅっと抱きしめられた。

「エレアはなに一つ悪くない。エレアはいつだって、健気でまっすぐで、自分のことより人のことを考えていて……。エレアより魅力的な女性を僕は知らない」

「……ラル」

まるで、愛の告白のように聞こえてしまった。そんなわけないのだけど。

ラルはいつも、過剰なほど義妹（私）を大切にしてくれる、とても過保護な兄。

……兄妹じゃなかったら、勘違いしていたかもしれない。

私のことを慰めようとしてくれているのだろうか。それとも、励まそうとしてくれているの……？

兄妹とはいえ、私たちは血が繋がっていない。だから、さすがにこうして強く抱きしめられるのは、五年ぶり。

五年前のあのときは、お互いまだ子供だった。

一つ歳上のラルは、傷ついた私をこうして優しく抱きしめてくれた――。

「僕と結婚しよう」

あのときよりも低く、男らしく成長した声で、ラルは静かに一言そう呟（つぶや）いた。

「…………はい？」

ラルはとてもあたたかくて、優しくて。

あのとき感じた温もりと全然変わっていない。

けれどその腕も胸もあのときとは比べものにならないほどたくましくなっていて、彼がもう大人の男性だということを物語っていた。

「僕と結婚しよう」

「……え」

私を抱きしめていたラルはそっと身体を離すと、もう一度その言葉を繰り返した。

どうやら聞き間違いではないらしい。

血の繋がりはないとはいえ、ラルが十三歳から十八歳までの五年間を兄妹として一緒に過ごしてきた私と、結婚すると言い出したようだ。

「……お義兄様（にいさま）、ご冗談を」

「なんだい急によそよそしい。いつものようにラルと呼んでくれ」

「あはは、面白いわ、ラル……うふふ」

「一応言っておくが、冗談ではないよ？」

「…………熱でもあるの？」

目の前で笑っているのは、いつもの爽（さわ）やかな顔をした兄（ラル）。

「……熱はないようね」

前髪の下に手を入れ、ぴとりと額に触れてみるけど熱くない。平熱だわ。

「それじゃあ、変なものでも食べた？」

「家で出されたものしか口にしていないよ。あとさっき夜会で出されたワインを少し飲んだかな」

「ああ、きっとそれだわ」

ラルはお酒が強いほうだと思っていたけど、きっと酔っているのね。ああびっくりした。

「お水を飲んで酔いを醒(さ)ましましょう」

ほっとしてラルの額から手を離したら、すかさずぱっとその手を取られ、意味深に握られた。

「……ラル？」

「うん……そうだね。もっとこうしていたいけど、早く帰ってエレアの肩と背中を主治医に診(み)てもらおう」

私の呼びかけに、微妙に意味をはき違えたラルは名残惜しげに手を離すと、自分の上着を脱いで私の肩にかけてくれる。

「大丈夫かい？　すぐに冷やそうね」

「大丈夫よ。放っておいても治るわ……」

「駄目だよ。エレアの綺麗な肌に痕でも残ってしまったら、僕はポール(あの男)を殺してしまうかもしれない」

「……」

冗談なのか本気なのかわからない笑顔で（たぶん本気）そう口にするラルに、苦笑いを返す。

そのままいつものように過保護な兄に手を引かれ、私たちは屋敷へ戻った。


キルステン侯爵家は王都にある貴族の邸宅の中でも一際大きく、豪華。

歴史を感じさせる外観をしているけど、手入れが行き届いており、庭の木々はもちろん芝生や塀に至るまですべて完璧に管理されている。

そんな侯爵家に帰ってきた私は、念のため診てもらおうと言って聞かないラルを断り切れず、診察を受けた。

けれど、やはり骨に異常はなく、痕も残らないとのことだった。ラルはそれを聞いてようやく安堵の息を吐くと、先ほどの話を父に伝えに行くと言って部屋を出ていった。

私はドレスから部屋着に着替え、自室で休むことにした。

「――エレア、かえってきたの？」

「ええ、ラディ。起きた？」

そうしていると、ベッドの上で眠っていたラディが身体を起こし、小さな手で目をこすりながら「うん」と頷（うなず）いた。

「おかえりエレア。おみやげある？」

「ごめんなさい、今日はなにもないの」

「そっかぁ……おしろでパーティーだっていうから、たのしみにしてたのになぁ……」

しゅんと肩を落とすラディのもとまで行って彼を抱き上げ、一緒にソファに移動する。

「ごめんね。今日はちょっと色々あって……」

「そっか、じゃあしかたないね。またこんど、たのしみにしてる」

「ええ、そうしていて。あっ、そうだ、蜂蜜キャンディがまだあったじゃない。それを食べましょう」

「え！　はちみつキャンディ？　たべる！」

深く追求せずすぐに元気を取り戻したラディに、テーブルの上に置いてある小瓶を手に取り、キャンディを食べさせてあげる。

「ありがとう、エレア」

「どういたしまして」

ラディは、くまのぬいぐるみ。青いベストを着た、くまのぬいぐるみ。

ラルの髪と同じゴールドベージュの毛並みはもふもふで、私の膝丈くらいの大きさ。そんなラディを抱きしめると、とても気持ちがいい。

私が子供の頃ラルにもらったこのくまのぬいぐるみは、自我を持ち、こうして動いたりしゃべったりするようになった。今では、私の一番のお友達。

「――エレア、いいかな」

「どうぞ」

「ラルだ」

ラディとキャンディを食べながら休んでいたら、父との話が終わったラルがやってきた。

「ラル、おかえり」

「ただいま、ラディ」

「いまエレアとはちみつキャンディをたべてたんだよ。ラルにもひとつあげようか？」

蓋をした小瓶を抱えながら、ラディが聞く。

「ありがとう。でも僕はいいよ。また今度に取っておきな」

「うん、わかった」

ラルは甘いものをあまり食べないから、断られるということをわかったうえで一応聞いてみたらしい。ラディは満足そうに蜂蜜キャンディの小瓶を抱きしめている。本当に可愛い。

「それで、エレア。僕たちの結婚は、エレアの十八歳の誕生日にしようと思うんだけど」

私の向かいのソファに腰を下ろしたラルは、ラディから私に視線を移すと、笑顔でそんなことを言った。私の誕生日は半年後だ。

まだそんな冗談を言っているのかと、一瞬面食らってしまった私は返事に詰まる。

「エレアとラルはけっこんするの？　すごいね！　ところでけっこんってなに？」

「……ラル、まだ酔いが醒めていないの？」

ラディが私の隣でなにか言ったけど、ごめんね。今はそれどころじゃないの。

「僕がワインくらいで酔うはずがないだろう？　本当は今すぐにでも結婚したいけど、色々と手続きが必要なんだ」

私の質問はさらりと受け流し、すぐに話を戻してしまったラルは、本気で私と結婚する気なのだろうか。

「まずはエレアの養子縁組を決めよう。ああ大丈夫、心配いらないよ。いくつかあてがあるから、信用できる家にエレアを養女として受け入れてもらったら、すぐ教会で婚約の手続きを行う。その間少し離れて暮らすことになるかもしれないが、そんなのは一瞬だ。なんならこれまで通りうちで暮らせるように計らおう」

口を挟む隙がないほど滔々（とうとう）と言葉を続けるラル。ラディはなぜか「うんうん」と頷いている。きっと意味は理解していないと思うけど。

でもラルは、どうやら本気で言っているらしい。ようやくそれを理解して、私は彼を止めるように手を前に出した。

「ちょ、ちょっと待って！」

「どうしたんだい？　ああ、ドレスの相談かな。エレアの希望はちゃんと聞くよ。何色がいい？」

「ぼくはあおがいいとおもうんだ。そしたらぼくとおそろいだし」

「違うわ、そうではなくて！　……ラル、本気で言ってるの？」

おそるおそる、窺うようにそっとラルの目を見つめて問うと、彼は「なんのことだい？」と言うように眉を上げた。ラディもラルと一緒に私を見上げている。

「そこまでしていただくわけにはいきません」

「なにに対して？　ドレス？」

「ドレス？」

「そうではなくて……！　ラルと結婚するために私を養女として受け入れてくれる家を探すなんて……」

きっとキルステン侯爵家の娘を養女になんて言われたら、どの家も喜んで受け入れてくれる。キルステン侯爵家と繋がりを持ちたいと思っている家はとても多いのだから。

けれど、その裏ではお金が動くに違いない。この家にそんな迷惑はかけられない。

きっと、私が変な男と結婚しなくて済むようにラルはそう言ってくれたんだと思う。

でもラルだっていずれは結婚して跡継ぎを作らなければならない。たとえば国王の末娘の、フランカ王女とか。

とにかくいくらラルが優しい兄だとしても、これはやりすぎ。

私はいつもいつもラルに助けられてきた。もうこれ以上迷惑はかけたくない。

「……エレアは僕と結婚するのが嫌なのかな？」

「いやなの？」

「それは……。とにかく、少し落ち着いて」

「嫌なのか聞いているんだけど、答えたくない？」

「こたえたくない？」

「……」

悲しげに瞳を細めるラルに、私はうっと言葉を詰まらせる。ラディがラルの真似をするのはいつものこと。

「……嫌じゃないわ」

「よかった」

「よかったね」

呟くように一言だけ否定の言葉を口にすると、ラルはとても嬉しそうに笑ってくれた。

ラルと結婚するのが嫌かって？　まさか。ラルは私の初恋の人だもの。ラルと一生を添い遂げたいと初めて願ったのは、私がまだ子供だった頃。

ラルが兄になった日の衝撃は、今でも覚えている。

でもラルは……、キルステン侯爵家の人たちは、私を救い出すためにこの道を選んでくれた。

だから私は、これ以上の贅沢を望むわけにはいかない。ただ心から感謝するだけ。

私はこの家の子になったあの日、誓ったのだから。

ラルの妹として、キルステン家のよき娘として、生きていくと。これ以上ラルや両親に迷惑はかけないと。

「まぁ、焦ることはないよね。とにかく安心して欲しい。もうエレアはどこにもやらないから」

「エレアはずっとここにいられるの？」

「そうだよ、ラディ。君もエレアも、二人ともずっとこの家にいられる」

「やった！　そしたらラルともずっといっしょだね！」

「ああ、一緒だ」

立ち上がると、ラルはラディの頭を優しく撫で、私の前髪の上から額に口づけを落とした。

「この話は今度またゆっくりしよう。今夜はもうお休み、エレア」

「……はい。おやすみなさい、ラル」

「おやすみラル！」

その口づけは、いつもの〝家族〟としての挨拶となにかが違ったような気がした。

けれどいつもと同じ、穏やかな笑みを浮かべたラルを見送って、私は「はぁー」と深く息を吐き出した。

「……」

嘘でも冗談でも嬉しかった。ラルの口から「結婚しよう」という言葉を聞けて。

「私は世界一の幸せ者ね」

「ぼくもせかいいちしあわせなくまだよ」

「うふふ、そうね」

もう一度ラディを膝の上に抱き上げると、彼のほうからぎゅーっと抱きついてくる。

可愛い。私にはラディと、ラルと、大好きな両親がいればそれでいい。

でも、私は本当にラルの申し入れを受け入れていいのだろうか……？

◆私の過去

ラルと初めて出会ったのは私が十歳、ラルが十一歳のときだった。

私の生い立ちは少し複雑。私には父と呼べる人が三人いる。

まず、私と血の繋がりがある最初の父は、病気で亡くなった。裕福ではない子爵だった父の爵位は、父の弟である叔父が引き継ぐことになった。

財産もほとんど相続できなかった母は、すぐに二番目の父となるホルト伯爵に見初められ、ほどなく再婚した。私が九歳のときだった。

ホルト伯爵は父とも仕事で親交があり、私たちに親切にしてくれた。けれど、再婚後間もなく事故で亡くなってしまった。

二人の夫を亡くした母は気を病み、それでもホルト伯爵の連れ子だった長男のツィロとその妹レーナの母親になるため、必死だったのだと思う。

再婚後すぐに夫が亡くなり、母に遺産が入ったことに、ホルト家の古くからの使用人はいい顔をしなかった。

母が遺産目当てで伯爵を殺しただとか、前夫のことも手にかけた悪女だと噂する者もいた。

それでも母は、新しい子供たちの母親になろうと頑張った。

既に十六歳だったホルト伯爵の長男ツィロは母には懐かなかったし、歳の離れた八歳の妹レーナは、実の両親が二人ともいなくなってしまったことで毎日泣いていた。

使用人たちからの嫌がらせを受け、母は実の娘である私に構う余裕がなくなった。

使用人からの嫌がらせは私も受けていた。

「レーナお嬢様は育ち盛りなのでたくさんお肉を召し上がりましょうね」

そう言って、一つしか歳の違わない私とレーナの食事を明らかに差別したり、亡くなったホルト伯爵が私の誕生日プレゼントに用意してくれたドレスを「これはレーナお嬢様のものですよ！」と言って取り上げたり。

私もなかなかここが自分の家だと認識できなかったので、文句は言えなかった。

けれど辛そうにしている母を見ていると、相談することもできなくて。

すると食事の量はどんどん減らされていった。

メインディッシュはもらえなくなったし、スープは残り物のように具材が入っていない。あ、それから洗濯もしてくれなくなったっけ。

そんな中、ただ一人だけ、ホルト伯爵が亡くなる前に私の侍女として付けてくれたサラだけが、唯一私と口を利いてくれて、お腹を空かせた私にこっそりパンやミルクを持ってきてくれた。

サラはまだ若くて美人だった。新人の使用人のためか、彼女もあの意地悪な先輩たちと上手くいっていないようだった。

子供だった私はそれを感じながらどうすることもできず、こっそりサラと話をする時間を楽しみに日々を過ごした。

歳は離れていたけれど、サラは私の姉のような存在だったのかもしれない。

ホルト伯爵が亡くなったことで、長男のツィロが家督を継いだ。

当時まだ十六歳だったツィロは父の突然の死を受け入れ、若き伯爵として仕事を始めた。

そんなツィロを支えるためにやってきたのが、ホルト伯爵の遠い親戚にあたるキルステン侯爵——ラルの父だった。

ホルト伯爵の死後一年の間、キルステン侯爵は定期的にこの家を訪れて、ツィロに仕事のやり方を教えていた。

私がラルに初めて会ったのはそんなある日、使用人から「掃除の邪魔だ」と言われて、いつものように屋敷の庭に追い出されていたとき。

「——なにをしているの？」

特にすることもなく、庭にしゃがみ込んでぼんやりと花を眺めていた私に話しかけてくれたのが、ラルだった。

「君、この家の子でしょう？」

「……はい」

高級なくまのぬいぐるみを連想させる、ゴールドベージュのやわらかそうな髪。その日の青空のように鮮やかな色をした瞳。

とても優しい雰囲気のその男の子は、子供の私にでもわかるくらい高級な服に身を包んでいた。

キルステン侯爵という偉い人が来ているのは知っていたし、この子が侯爵様の子供だと、直感でわかった。

きちんと教育を受けているのであろう立ち振る舞いに、こちらも姿勢を正して立ち上がる。

「エレア・ホルトです」

レーナが着なくなった少し小さめの服を着ていた私は、同じ年頃の身なりのきちんとした男の子に対して、恥ずかしい気持ちを覚えた。それでも子供なりに背伸びをして、淑女らしいお辞儀をした。

「これはエレア嬢。ご丁寧にありがとう。僕はラルフレット・キルステンと申します。父上にはラルと呼ばれております」

馬鹿にされるかもしれないと少し不安だったけど、彼も紳士らしく礼を返してくれた。

「ふふっ」

まるでおままごとみたいだと思って笑うと、彼も歯を見せて笑った。とても可愛い笑顔だなと思った。

ラルは騎士の家系に生まれ、将来はお父上のような立派な騎士になり、いずれは跡を継いでキルステン侯爵になるのだと話してくれた。

勉強のためにこうしてホルト家についてきて、休憩がてら庭を散歩していたら、自分と同い年くらいの私が一人でここにいることに気づいて声をかけてくれたらしい。

……思えば、ラルはこのときから優しい少年だった。

引っ越してきてから友人がいなかった私は、同じ年頃の子ともしばらく話をしていなかった。けれど、ラルはとても話し上手で、自分の両親の話を面白おかしく聞かせてくれた。

素敵な家族の話を少し羨ましく思ったけれど、それから私はキルステン侯爵が来る日が待ち遠しくてたまらなくなった。

ホルト家にやってくるたび、私が庭にいるのを見つけては、ラルも出てきてくれた。

私はラルの話が聞けるその時間がとても楽しみだった。

そしてそのうち、私も自分の話をするようになった。

昔母が焼いてくれたチェリーパイが、とても美味しかったこと。

実父が生きていた頃、三人でピクニックに行ったこと。

実父と母はとても仲がよかったこと。

実父を亡くした母がとても悲しそうだったこと――。

ラルと出会ってもうすぐ一年になろうとしていたある日、ラルが自分の髪色によく似たくまのぬいぐるみをプレゼントしてくれた。

「誕生日おめでとう、エレア」

「……私の誕生日を知っていたの？」

「もちろんだよ。大切な友人の誕生日だからね」

まさかラルが私の誕生日を知っていたなんて、嬉しい……！

「ありがとう、ラル」

そのぬいぐるみは鮮やかなブルーのベストを着ていて、胸にサファイアのブローチをつけていた。

「でも……こんな高価なものはもらえないわ」

「ううん。エレア、よく聞いて。僕はもう少しでこの家には来られなくなる。だからもし今後なにかとても辛いことがあったら、このブローチを握って僕のことを呼んで欲しい。このブローチには僕が魔法をかけた。だから、必ず駆けつけるからね」

〝約束だよ〟

そう言って、ラルは私の小指と自分の小指を絡めて目を閉じた。

私が十一歳になった日、ラルは私に三つのプレゼントをくれた。

可愛い可愛いくまのぬいぐるみと、綺麗なブローチ、そしてとても心強い約束を。

触れたのはほんの小指一本だったけど、ラルの指と自分の指が絡み合って、私の胸はドキドキと高鳴った。

このくまのぬいぐるみは〝ラディ〟と名付けることにした。

このとき感じた想いが小さな恋心だと気づくのはまだ先だけど、その日はとても嬉しくて、母にそのことを話した。

「――まぁ、キルステン侯爵様のご子息に会っているの？」

ラルから誕生日プレゼントをもらったことを伝えると、母は顔色を変えて焦ったようにそう口にした。

心のどこかで、「そうだった、今日はあなたの誕生日だったわね。忘れていてごめんなさい。おめでとう」と言って抱きしめてくれることを期待していた。

けれど母親の口から発せられたのは、

「もう会ってはいけません」

という残酷な言葉だった。

「……どうして？」

「ラルフレット様は将来フランカ王女と結婚される方よ！　もしあなたと変な噂でも立って、ご迷惑をおかけするようなことがあれば……！」

「……――」

母親の話は途中までしか入ってこなかった。

ラルは、将来王女様と結婚するの……？

ラルの髪色によく似たくまのラディをぎゅっと抱いて、その日私はズキズキと痛む胸を誤魔(ごま)化(か)しながら眠りについた。


それから、ラルに会えなくなってしまった。

使用人には邪魔だという目で見られたけれど、キルステン侯爵が来ている間は母に部屋に閉じ込められてしまうようになったから。

そしたらそれを理由に、使用人は私の部屋の掃除はしなくなった。

そんなことはいいけれど。

それより私はまた、独りぼっちになってしまった……。

ある日、二階の部屋の窓から、庭を見ていた。

ここからでは遠いけど、なんとかラルの姿が見えた。ラルは変わらずそこで、私を待ってくれていた。

いつもは私が先にそこにいるから、ラルは不思議そうにきょろきょろとあたりを見渡して、私を探してくれていた。

とても悲しくて寂しかったけど、ラルは言っていた。

『僕はもう少しでこの家には来られなくなる』

キルステン侯爵が、ツィロに仕事のやり方を教え終われば、もうラルに会えなくなるのはわかっていた。

その日が来るのは覚悟していたし、だからこそラルはこの〝ラディ〟を私にくれたんだともわかっていた。

「大丈夫……大丈夫よ……」

悲しくても笑っていなければ。

私が悲しい顔をすれば、お母様がもっと辛くなってしまう。

それでもとても悲しくて寂しくて、涙がこぼれてしまった私は、ラディを強く抱きしめた。

すると、突然ラディが強い光を放った。

「……っ」

驚いた私は目を閉じてしまったけれど、そんな私の耳に可愛い声が聞こえた。

「なかないで、エレア」

「え——？」

「ぼくがそばにいるから、だいじょうぶ」

「……ラ、ラディ？」

さっきまでは本当にただのくまのぬいぐるみだったラディが、そう言いながら自らの腕でぎゅっと私に抱きついてきた。

「ラディ……あなた、生きてるの……？」

「うん。エレアがすごくかなしそうだったから。でももうだいじょうぶ。ぼくがいっしょにいてあげる」

「…………」

なにが起きたのかわからずに混乱する私に、ラディはとても優しく言った。

これは夢……？　いえ、魔法……かしら？

でも私はそんな魔法使えないし、ラルもそんなこと一言も言ってなかった。それじゃあ一体誰が？　さっきの光が関係あるのかしら？

「ラディ、あなたは魔法で動けるようになったの？」

「まほう？　わかんない。でも、エレアがないているのをみたら、ぼくもかなしくなっちゃって。ぼくはいつもエレアのことをみてたんだ」

「……」

「ぼくがエレアをまもってあげたいって、おもったんだ。……ぎゅってする？」

「ラディ……っ」

ふわふわの手を伸ばしてそう言ってくれる優しい友達（ラディ）を、私は強く強く抱きしめた。

「ありがとう、ラディ」

ぬいぐるみが動くなんて、初めて見た。一体誰がどんな方法でこんなに素敵な魔法をかけてくれたのかしら。

けれど、なんだっていい。

私には、こんなに優しい友達（ラディ）がいる。それだけでとても心強い。とても嬉しい。だから、寂しくない。

それからの日々は、自分にそう言い聞かせて過ごした。

結局ラルにお別れを言えないまま、キルステン侯爵の来訪は終わりを迎えた。

一年が経ち、ツィロにすべてを教え終えたのだ。

けれど、キルステン侯爵の教えも虚（むな）しく、その後ホルト領の経営は少しずつ傾いていった。

仕事が思うようにいかず、十八歳になろうとしていたツィロは、毎日荒れるようになった。

気に入らないことがあると使用人に当たり散らし、大きな声で怒鳴り、料理が載ったお皿を床に払い落とした。

母はそんなツィロを支えようと必死で、レーナはやっぱりいつも泣いていた。

ツィロから理不尽なことで怒鳴られるようになった使用人の怒りの矛先（ほこさき）は私に向けられ、ツィロに言えない文句を私に言い残して辞めていく者もいた。

「――本当にひどい人たちよね」

私と唯一ちゃんと会話してくれる侍女のサラは、先輩たちの愚痴をこぼすようになった。彼女も八つ当たりを受けていたから。

「きっといつか天罰が下るわよ」

出会った頃のサラはやわらかい雰囲気の女性だったけど、この頃には言葉に少し棘を感じるようになっていた。相変わらず綺麗な人だけど、強くなければ生きていけないのだなと、なんとなく感じた。

私も強い女性になろう。

レーナのように泣いたりしない。母のように媚びたりもしない。ツィロや使用人たちのように怒りをまき散らしたりもしない、強い人になる。

そういえばラルはいつも笑っていた。私はラルの笑顔が大好きだった。

だから、笑っていればラルのように強く誇り高い人になれるのかもしれない。

私は、強く、いつも笑顔でいる女性になりたい。

子供ながら、私はそう胸に誓ったのだった。


けれど、〝その日〟は唐突に訪れた。

私が十二歳になったある日、寝る前にホットミルクが飲みたいとサラにお願いして、部屋でラディと一緒に待っていたことがある。

「ミルクおそいね。ぼくもうねむいよ……」

「そうね……ちょっと様子を見てきましょうか」

「うん」

眠そうにあくびをするラディを抱いて、私は様子を見に食堂へ向かうことにした。

食堂の扉は少し開いていて、そこからうっすらと明かりが漏れている。

ああ、よかった。サラはちゃんといるわね。

胸を撫で下ろして中へ入ろうと足を進めたら、サラの焦ったような声が耳について、私の足はぴたりと止まる。

サラ……？　なにかあったの？

子供ながらにその声色に不安を感じて、足音を消して扉にそっと近づいた。ラディは私の腕の中でもう寝ていたと思う。

「――これ以上はいけません。エレア様がお待ちですから、後でお部屋に伺(うかが)います」

「大丈夫だよ、あいつは待たせておけばいい」

「ですが」

「なんだよ……ったく、本当にあいつは邪魔だな。あんな奴、いなくなればいいのに」

「……もう、ツィロ様ったら」

聞こえてきたのは、ツィロの声と、その言葉にふふっと笑って応(こた)えるサラの声。

「おまえもあんなガキの世話、面倒だろ？」

「……そうですね」

サラが同意した声を聞いて、私の頭の中は真っ白になった。

サラも、私のお世話なんてしたくなかったの？　本当は、サラも私のことが嫌いだったの？　いなくなればいいと、思っていたの……？

「……っ」

それからすぐ、ツィロが満足そうにサラの名前を囁くやけに優しい声が聞こえて、私はその場から走り去った。

「あれ……どうしたの、エレア。ミルクは？」

「今日はもう寝ましょう」

「うん、わかった」

急に走り出した私にラディは目を覚ましたけど、構わず部屋に戻ってベッドに潜り込む。ドクドクと変に脈打つ鼓動を抑えるようにラディを抱きしめて、私は頭から布団を被った。

「エレア……？　ちょっとくるしい」

「……ごめん」

「いいよ。ぎゅってする？」

ラディを強く抱きしめていた私を、ラディもぎゅっと抱き返してくれる。

大人のことはまだ詳しくはわからない。だけど、なんだかとても気分が悪くなった。

ツィロはサラになにをしていたのだろう。

とにかく、私は食堂に入ってはいけない……そんな気がした。

サラは私のことを面倒だと思っていた。私のことが嫌いだった。

この家で唯一、私に優しくしてくれる、姉のような人だと思っていたのに。

「私なんて、いなくなったほうがいいのね……」

私には本当の家族なんていない。母ですら、私のことなんて見向きもしない。

それからどのくらいそうしていたのかわからないけど、そのうちサラがいつもと同じ声でホットミルクを持ってきてくれたときには、寝たふりを決め込んでいた。ラディは本当に眠っていたけど。

サラは普段通り私の部屋にやってきた。

先ほどツィロの前で発していた高い声と違い、ちゃんといつもの穏やかな声で「エレア様？もう寝てしまいました？」と言ったのだ。

私のことなんて、嫌いなはずなのに——。

よくわからなかった。ただただ恐怖が心を埋め尽くした。

ツィロも怖い。使用人も怖い。母も、レーナも、サラでさえ——。

もうここにはいたくないと、強く思った。

もう、ここから消えてしまいたい――。

その日はもう眠れそうになくて、私はラディを強く抱きしめながら、ラルのことを思い出していた。

ラルはあの日言っていた。

〝もし今後なにかとても辛いことがあったら、このブローチを握って僕のことを呼んで欲しい。必ず駆けつけるからね〟

そう言って小指と小指を結んだことを、昨日のことのように覚えている。

けれどその約束をしたのは、もう一年以上前のこと。

ラルとはそれ以来一度も会っていないけど、あの約束を今でも覚えてくれているかしら。そもそもあれは、本気で言ってくれたの……？

そんな不安もあったけど、〝約束だよ〟と言って微笑んでくれたときのラルの顔を鮮明に覚えていたから、私は使用人の目を盗み、部屋の窓から外へと抜け出した。

ラディだけを抱きかかえて強くラルを想いながら、キルステン侯爵邸へ向かってひたすら走った。

でも子供の足で辿り着けるわけがなく、途中で何度も転び、すぐに足が痛くて歩けなくなってしまった。

「エレアだいじょうぶ？　そんなにあわててどこにいくの？」

「ラルのところ」

「ああ、ラルのところか」

ラディとはよくラルの話をしていた。ラディはラルのことを覚えていなかったけど、私の話を聞いて会ってみたいと言っていた。

あの家から離れようと、一歩ずつ必死に足を進めて、とうとう立ち上がれなくなってしまったとき、

「――エレア！」

気づけば朝日が昇り始めていた。

ゴールドベージュの美しい髪に朝日を浴びながら、叫ぶように私の名前を呼んだラルは、私の王子様に見えた。

王様の息子という意味ではない。物語の中に登場する王子様は、いつだって少女を悪い人から救い、守ってくれる。

ラルは、私のヒーローだった。

「ラル……、助けて……」

そのとき初めて「助けて」という言葉を口にした。

今までどんなに辛くても笑って乗り越えてきたのに、私はまだまだ強い人にはなれていなかったみたい。

私に駆け寄って身体を抱き起こしてくれたラルはただ一言「もう大丈夫だよ」と言って、優しく抱きしめてくれた。

一年前より少しだけ大きくなったラルは、とてもあたたかくて、優しくて。

そして、そんなラルの温もりに安心した私は、スッと意識を手放した。

——その後目を覚ましたときには、私はキルステン侯爵家の豪華なベッドの上にいた。

外はすっかり明るくなっていて、ホットミルクとバターの香るパンが用意されていた。

私の隣にはラディがいて、目を覚ました私にいつもの調子で「おはようエレア」と言いながら、パンを頬張っていた。

「エレアちゃん……！」

そして、一緒にいてくれたらしいキルステン侯爵夫人が、目を覚ました私をすぐに抱きしめてくれた。

「目が覚めてよかった……本当によかったわ……！」

「……」

こんなふうに愛情がこもった人の温もりを感じたのは、とても久しぶりだった。

キルステン侯爵家の人は、誰一人として私になにがあったのか聞いてこなかった。

「エレア、このパンやわらかくてすごくおいしい」

ラディもいつも通りだし、侯爵家のふわふわのパンをとても美味しそうに食べていた。

最初はみんな、しゃべるくまのぬいぐるみを見てとても驚いたようだけど、気味悪がる人はいなかった。

可愛いラディを受け入れ、「たくさんお食べ」と言いながら、そのパンに蜂蜜までかけてくれていた。

後でラルから聞いた話によると、私が気を失った後、ラディが一生懸命状況を説明してくれたらしい。

ラルは言っていた。

『エレアには最高の友達ができたんだね』

蜂蜜をかけたパンを幸せそうに食べているラディを見て、ラディがみんなに私のことをどう説明したのか想像して、涙が出そうになった。

この家の人はみんな私たちに優しくて、大きな声を出す人は一人もいなくて。

ただ一言「うちの子になるかい？」とキルステン侯爵夫妻に聞かれた私は、静かにこくりと頷いていた。

それから一度もあの家には戻っていない。

ツィロにも、サラにも、実母にも会っていない。

いきなりあの家を飛び出してきてしまったのに、キルステン侯爵夫妻はどうやってあの家の人たちを納得させたのだろうか。

子供だった私にははっきりとはわからなかったけど、問いかけるとみんな一様に笑顔で「気にしなくていいんだよ」と答えた。

おそらく、大金をホルト家に支払ってくれたんだと思う。

侯爵は「娘が欲しかったのだよ」と言い、夫人も私を本当の娘のように可愛がってくれたし、新しく兄となったラルは昔と変わらず優しかった。

私の兄は最低のツィロから、大好きなラルに替わった。

私の初恋の人は、兄になった。

とても嬉しかったけど、兄妹は結婚できないから少し複雑で。

だけどそれからの日々は本当に幸せだった。

このままずっとこの家で、この家族とみんなで暮らしていきたいと思った。

……でもやっぱりラルのことは大好きで、兄になったと言われてもその気持ちだけは変わるどころか、大人になるにつれてどんどん恋であることを自覚していった。

それでもこの素敵な家族に心から感謝している。

どうかいつまでもこの人たちの笑顔が絶えませんように——。

私は毎日、心からそう願った。

「――エレアの様子はどうだ？」

「肩や背中に痛みはもうないようですし、調子もよさそうでしたよ、父上」

「そうか、それはよかった」

〝僕とエレアの結婚は、彼女の十八歳の誕生日にしよう〟という話を伝えてエレアの部屋を出た僕は、その足で広間へ向かった。

そこには、僕を待っていたかのように父上がソファに座って、ゆるりとブランデーを飲んでいた。

「エレアにはもう話したんだろう？」

「はい。もちろん」

父上に促されて、対面しているソファに腰を下ろす。

「あの子はなんと？」

「戸惑っているようでしたけど、受け入れてくれました」

「……そうか」

父は舐めるようにブランデーを口に含むと、僕と同じ色の前髪をかき上げてから、安心したように背もたれに背中を預けた。

エレアの診察が終わった後すぐに、父上にはポールが働いた狼藉と、僕がエレアと結婚したいという思いを伝えている。

父上はヘルテン伯爵に、〝エレアとの婚約を白紙にしたい〟という旨を手紙にしたためてくれた。

そして僕がエレアと結婚したいという言葉にも、頷いてくれた。

正直、「なぜだ」とか「馬鹿を言うな」とか、反対されることも覚悟していたのだが、父もエレアのことを本当の娘のように可愛がってきた。

だからこのままエレアが形を変えて娘としてキルステン家にいることに、異論はないのだろう。

もしかしたら、心の中では父もそれを望んでいたのではないかとすら思えた。

「まずはあの子の養女としての受け入れ先だな。私もあてがあるから少しあたってみよう」

「ありがとうございます。でも交渉は僕がしますよ」

まっすぐ見据えて答えると、息子の覚悟がどれほどのものか察したらしく、顎を引くように小さく頷く父。

「わかった。しかし突然だったな。ヘルテンの息子が愚かな行為を働いたとはいえ、おまえには前からその気があったのだろう？　言ってくれればよかったものを。一体いつからなんだ？

あの子をそういうふうに見始めたのは」

「いつからか、ですか――」

その問いに、思わず自嘲（じちょう）してしまう。

その答えを聞いたら、父上はどんな顔をするだろうか。

あの日の自分の判断を悔やむか？

それとも兄妹として育ってきたあの日から今日までの僕とエレアの日々を、否定するのだろうか。

だが、こうなった今、僕としてはまったく後悔はしていない。

これまで兄として堂々と一番近くでエレアを見てこられた。彼女を守ってこられた。

そしてこれからは婚約者として、彼女に寄り添える。

僕にとってこれ以上の幸福はない。神に感謝する。

「本気なんだろう？　ラルフレット」

質問に答えずエレアを想っていた僕を見て、改めて父上が問う。

「もちろんです」

その問いには間を置かず即答してみせると、今はそれだけで十分だと感じたらしく、父は僕の真剣な瞳を見つめて口元だけに小さく笑みを浮かべた。

……エレア。

もう他の誰にも渡さない。もう誰にもエレアを傷つけさせない。

エレアは覚えているだろうか。初めて会った七年前のことを。

あのときはまだ子供だったが、エレアは僕の初恋だ。

エレアも、あのときは僕のことを兄ではなく、一人の〝男の子〟として見てくれていたはずだ。

五年前のあのときのように、もう一度僕を頼って、僕だけを見て欲しい――。

＊

僕の人生は、この世に生を受けた瞬間から決まっていた。

生まれたときから色々と約束されていたのだ。

金も、地位も、名誉も、両親のおかげで世間に受けのいい容姿も。

しかし、恵まれた暮らしを得る代わりに、自由はなかった。

騎士となり王族に仕え、将来侯爵になるべく勉強を欠かさず、人柄もどうあるべきか厳しくしつけられ、いずれこの家のためになる相手と結婚する。

しかしまだ子供だった頃、友人たちが「あの子が可愛い、この子が好きだ」と女の子に興味を持ち始めても、僕にはよくわからなかった。

いずれ父が相手を決めるのだから、恋をする必要はないと思っていた。

友人の中には子供でありながら既に婚約者がいる者もいたが、他の子を可愛いと言って目移りしている話を聞いて、顔をしかめずにはいられなかった。

婚約者がいるのなら、その子だけでいいではないか。なぜ他の女性とも親しくしたがるのだろう。意味がないのに。

いずれ自分に婚約者ができたら、その相手のことは大切にしようと思った。父が母を大切にしているように。

しかし十一歳のとき、僕は突然恋に落ちた。

その頃、父がよく顔を出していた伯爵家に勉強のため僕もついていっていたのだが、そこの娘と出会って僕の人生は劇的に変わることになる。

父の遠い親戚にあたるホルト伯爵が事故で亡くなり、爵位は当時まだ十六歳になったばかりの息子に継がれた。

そんな若き伯爵を助けるべく、父は足繁くホルト家に通うようになった。

十一歳だった僕は、息抜きによく庭に出て散歩をさせてもらっていたのだが、あるとき、一人でいる女の子を見かけた。

顔は見えなかったが、咲き誇る花のようなピンクブロンドの長い髪がとても綺麗な子。彼女は一人でしゃがんで花を眺めていた。

それから何度も彼女を見かけた。最初はなにをしているのだろうと素朴な疑問を抱いた。

ここには娘がもう一人いて、ウェーブのかかった白金色の髪のその子は、いつも母親にべったりくっついて我儘な印象があった。

『私、いちごが食べたい！』

『いちごは今の時季は採れないのよ』

『えー？　お父様は取り寄せてくれたのに！　それじゃあ代わりに新しいドレスを買って！』

『誕生日に買ったばかりでしょう？』

『お父様はいつでも買ってくれたわ！　どうして私のお父様は死んじゃったの……！　お義母様の、意地悪……！』

『……ごめんね、レーナ。ああ、泣かないで……わかったわ、それじゃあ買いましょう……』

母親は困ったような顔で、その娘の我儘を受け入れていた。

父親を亡くしたのは、あの娘だけではないはずなのに。

僕の父から聞いた話によると、前ホルト伯爵は再婚しており、相手の女性にも連れ子がいたらしい。

その連れ子が、いつも庭に一人でいる子だと知った僕は、あるとき彼女に声をかけてみることにした。

「――なにをしているの？」

振り返った彼女——エレアは、翡翠のようなとても綺麗なエメラルドグリーンの瞳で僕を見た。

その瞳に見つめられた瞬間、経験したことのないざわつきを胸に感じ、一瞬怯んでしまいそうになった。それをぐっと押し殺し、挨拶してくれた淑女に精一杯の礼で応えた。

エレアはとてもいい子だった。

エレアと話をするのが楽しくて、それからホルト家を訪れるたび、僕は庭でエレアと話すようになった。

エレアには僕の話をたくさんした。

尊敬する父のこと。優しい母のこと。

なぜこんなに自分の話ばかりしているのだろうかと、そのときはわからなかった。

今思うと、子供だった僕はエレアに自分のことを知って欲しかったのだと思う。僕という人間を理解して、できれば好意を持って欲しいと願っていたのだと思う。

ときには、剣術の大会でいいところまでいっただとか、先生に筋がいいと褒めてもらっただとか、子供らしい自慢話をすることもあった。

エレアが純粋な笑みを見せて「すごいわ」と言ってくれるのが嬉しくて、もっと稽古を頑張ろうと思えた。

エレアのことをもっと知りたくなった。彼女からも話を聞くようになったが、エレアの話はどれも昔のことばかりだった。

彼女がいつも一人で庭にいる理由を子供ながらに感じ取り、どうにかしてやれないだろうかと思った。

だがそれを聞こうとしても、エレアは母親を庇(かば)ってか、一度も愚痴めいたことを言わなかった。

エレアはとても寂しい思いをしているはずだ。それなのにいつも笑っているエレアに、胸が締めつけられた。

僕の前では弱音を吐かないエレアだが、本当はその小さな身体で色んなことを我慢しているのだと思う。

なんて健気な子だろう。

僕の周りの貴族の娘たちは例外なく高価な新しい服を着て、好きなものを買い与えられ、自分の思い通りに周りの者を動かそうとする。そうするのが当たり前だというふうに振る舞っていた。

しかし、エレアは違った。

母親がこれ以上辛い思いをしないよう、自分が母親の負担にならないよう、文句も泣き言も言わずに生きていたのだろう。

本当は自分も辛いだろうに。

そんなエレアに、僕はすぐに惹(ひ)かれた。

しかしまだ子供だった僕にはどうすればいいのかわからず、せめて時間が許す限り、エレアとたくさん話をしようと決めた。

一年近くエレアと顔を合わせているうちに、やがて彼女を守りたいという強い想いが芽生えた。

エレアに出会って、初めて父の言っていたことがわかった気がした。

〝愛する者をその手で守れるような、強い騎士になれ〟

父の言っていた言葉の意味がわかったとき、僕はエレアに出会うために生まれてきたのだとさえ思えた。

僕はエレアを守るために、強い男になりたい。

そんなあるとき、エレアがもうじき誕生日を迎えるという話を父から聞いた。

〝あの子は去年、誰からも誕生日を祝ってもらえなかったようだ〟

父はホルト家でその話を聞いたのだと思う。あそこの侍女たちがエレアの陰口を言っているのは、僕も耳にしたことがある。

ホルト家を訪れるのももう少しで終わりだと知った僕は、彼女にくまのぬいぐるみをプレゼントすることにした。

自分の髪の色によく似た毛色のぬいぐるみには、自分の瞳の色に似たベストを着せて、その胸にサファイアのブローチをつけた。

社交界では、意中の相手に自分の髪や瞳の色の宝石がついたアクセサリーを贈るのが流行(はや)っている。子供なりに背伸びをして、僕もエレアにそのような贈り物をした。

そしてそのブローチには、魔法をかけた。

この国の者はみんな、多かれ少なかれ魔力を持っている。

僕にはそんなに強い魔力はないが、父の知り合いの魔導師から魔力付与のやり方を教わり、そのときの僕が持てる精一杯の魔力をブローチに込め、エレアに伝えた。

〝今後なにかとても辛いことがあったら、このブローチを握って僕のことを呼んで欲しい。必ず駆けつけるからね〟

もしエレアが助けを求めれば、すぐに彼女の居場所がわかる魔法。

これで少し安心だ。

彼女はとても嬉しそうに笑ってぬいぐるみを抱きしめた。本当に可愛い笑顔だった。

しかし、それから急にエレアは庭に来なくなってしまった。

使用人に尋(たず)ねてみたが、体調が悪いとだけ返されて、会うことができなかった。

間もなく若き伯爵、ツィロ・ホルトにすべてのことを教え終えた父が、その家を訪れることはなくなった。

父の役目は終わったのだ。

とても寂しかったが、元から覚悟はできていた。

お互い大人になって社交界デビューを果たしたとき、もう一度彼女に会いたい。そのとき恥ずかしくないよう、立派な男になろう。

幼い胸にそう誓い、僕は前を向いて日々の鍛錬(たんれん)や勉学に励んだ。

しかしそれから一年後、もう一度会いたいと思っていた彼女との再会は、願っていない形で叶ってしまった。

ある日の夜、エレアに渡したブローチから、反応があった。

エレアが僕に助けを求めたということだ。

すぐに父にそのことを伝え、僕は一人で先に屋敷を飛び出し、馬を走らせた。

そして朝日が昇り始めた頃、倒れているエレアを見つけた。

馬から飛び降りて彼女の身体を抱き上げると、ただ一言「助けて」と呟いて、一筋の涙を流した。

一生懸命口元に笑みを浮かべようとしていたエレアに、僕の胸は張り裂けそうなほど痛んだ。

彼女の身体はやせ細り、髪にも艶がなく、とても高位貴族の娘とは思えなかった。

それでも僕があげたくまのぬいぐるみを大事そうに抱えているエレアに、なぜもっと早く彼女を助けてやれなかったのかと、ひどく自分を呪った。

あのとき無理やりにでも彼女を連れ出していればよかったではないか。

僕があの母親と話をすればよかった。

若き伯爵に訴えていれば……、僕にもっと力があれば……！　僕がもっと、強ければ……!!

とにかく、すぐに彼女をキルステン侯爵邸に連れて帰り、療養させた。

父が部下に調べさせたところによると、そのとき十八歳になっていた現ホルト伯爵であるツィロは仕事が上手くいかず、酒や女に溺(おぼ)れているということがわかった。

事情を把握した父は、すぐにホルト家に向かった。

そして帰ってきた父の話によると、エレアの母はもう心がぼろぼろだったそうだ。立て続けに夫を亡くし、ホルト家の使用人からは嫌がらせを受け、息子となったツィロは仕事が上手くいかないことに苛立ち屋敷で暴れ、歳の離れた妹は我儘放題。

エレアがいなくなったことに気づいた者はおらず、父が侯爵家で保護していることを伝えると、後ろに控えていた若い侍女が一人、ひどく動揺したそうだ。

声をかけると、涙を流しながら「申し訳ございません」とだけ繰り返したのだとか。

それを見たツィロがとても苛立っていたという話を聞いて、エレアがなにを見てしまったのか、僕でもなんとなく想像することができた。

エレアが侯爵家の屋敷で眠っている間、僕はずっと考えていた。

僕がエレアと結婚することはできないだろうか？

そのとき僕は十三歳、エレアは十二歳だった。

この国で結婚できるのは十六歳からだが、婚約だけならいつでもできる。

エレアが結婚できる歳になるまでまだ四年あるが、あと四年もあの家にエレアを置いておくことなんてとてもできないと思った。

であれば、婚約者としてうちで過ごしてもらうのはどうだろう？

名目は花嫁修業でいい。

決して無理な話ではないはずだと、この思いを父に伝えようとしたが、僕が言う前に父がホルト家で話をつけてきたらしい。

「今日からエレアにはここで暮らしてもらうぞ」

それを聞いたときは、さすが父上だと思った。

しかし、それは僕が希望したものとは違う形だった。

「ラル、おまえにとっては妹だ。大事にしてやれよ」

——そう、僕の初恋の相手は、妹としてこの家で一緒に暮らすことになったのだった。

◆僕が彼女を幸せにしたい

それから五年の月日を、僕とエレアは兄妹として過ごすことになるのだが――。

侯爵家に来てから、エレアは貴族令嬢として相応しい扱いを受けるようになっていた。ちょうど成長期だったことも重なり、きちんとした食事をとるようになったことで、エレアはどんどん美しく成長していった。

日に日に女性らしくなっていく義理の妹を異性として見ていることに何度も頭を抱えたが、同時に僕の目の届くところにエレアがいてくれることがとても嬉しかった。

王立学園に入学した僕は、騎士科に進んでいた。

将来騎士としてともに国に仕える予定の友人たちには、よくこう言われた。

『おまえは、婚約者はまだか？』

『ラルフレットはフランカ王女と婚約するんだったか？』

『いいなぁ、王女様はとても可愛らしいお方だ。きっと美人になる』

『しかしまだ婚約していないのだから、おまえならいくらでも相手をして欲しいって女がいるだろうに、もったいないことだ！』

『ラルフレットはまずは妹の婚約者選びが先なんだろう？』

『そうだった、そうだった。このシスコンめ！』

心の中で密かにエレアを想っていた僕は、彼らのように他の女性に興味を持ったりしなかったのだが、それが彼らには少し偏物(へんぶつ)に見えたらしい。

『ラルの妹は俺がもらってやろうか？　あの子、結構タイプなんだよなぁ』

たまにそういうことを言ってくる奴もいたが、ひと睨(にら)みすればすぐに、

『――なぁんてな、冗談だよ、冗談……』

と、慌てたように付け加える者ばかりだった。

そんな中途半端な気持ちの男にエレアをやれるかと、思った。

そんな中、僕と一番気が合う同期のギドだけは、『そんなに焦って相手を決めることはないぞ』と言ってくれていた。

それからエレアも王立学園に入学すると、ともに登校し、ともに下校する時間が増えた。馬車の中ではエレアと二人きりの時間を過ごせたから、僕はその時間が大好きだった。

エレアは魔法科に進んだ。『精霊使いになりたい』と、いつか話してくれたことがある。

エレアが社交界デビューしたときも僕がエスコートした。

美しく成長したエレアを悪い虫から守るために。

それからパーティーに参加する際は、僕がエレアをエスコートすることがお決まりとなった。

婚約者のいない娘が兄弟からエスコートを受けることは、一般的だ。

＊

休みの日も、僕はよくエレアの部屋を訪れて、二人でお茶をした。それは二人が更に成長しても変わらなかった。

使用人にお茶とお菓子を用意してもらったら、あとは二人で過ごす。

兄妹だから、できること。

僕たちのこの関係は、兄妹だから成り立っている。

それ故に一線を越えてはいけないということも、よく理解していた。

「エレア、砂糖は一つでいいね」

「あ……私、お砂糖はいらないわ」

「どうして？」

エレアは甘いものが好きだ。紅茶には必ず砂糖を入れる。

しかしエレアが十五歳になったある日、いつものようにエレアの紅茶に砂糖をスプーン一杯入れようとした僕は、その言葉に手を止め、首を傾げた。

「最近太ってきたの……だから少し、ダイエットしようと思って」

照れくさそうにそう言ってはにかむエレア。

「それは太ってきたんじゃないよ。エレアは成長期なだけだ」

「でも……」

僕に言うのが恥ずかしいのか、言いにくそうに頬を染めているエレアはとても可愛い。

「今までがやせすぎていたからね。でも本当にダイエットなんてする必要はないよ」

「そうかしら……」

「それじゃあ、砂糖はやめようか。でも、クッキーは三枚まで食べてもいいことにしよう」

「そうするわ！」

年頃の女性は自分の体型が気になってくるものだ。きっと友人たちともそういう話題になるのだろう。

だがエレアは本当に太ってきてなどいない。健康的で女性らしい身体つきになってきているだけ。

だからそう提案すると、素直に笑って頷くエレアはやっぱり可愛い。

「ぼくもクッキーたべる」

「ええ、いいわよ。一緒に食べましょう、ラディ」

「うん、さんまいまでだね」

「ふふ、そうね」

エレアの隣に座っているラディと一緒に、可愛い口で幸せそうにクッキーを頬張るエレア。

僕は幸せそうなエレアを見ているのが好きだ。

「美味しいかい？」

「ええ、美味しいわ！」

「おいしいよ」

「よかった」

「ああもう、ラディ。こぼれているわよ」

「ごめんエレア」

口の周りの毛にクッキーをぼろぼろ付けているラディに、エレアは優しく微笑んでそれを取ってあげる。

「……可愛いな」

「本当、ラディは可愛いわね」

「……そうだね」

「ありがとう。エレアもかわいいよ」

「ふふ、ありがとう」

ラディも可愛いが、僕が言ったのはエレアのことだ。だが、エレアは当然、ラディのことを言っていると思ったらしい。

それでよかった。こうしている時間がとても幸せだから。

だから、この時間がずっと続いて欲しい――。

そう願った。

望んだ形とは少し違うが、僕はとても幸せだった。

家族として、誰よりも一番近くでエレアのそばにいられるのだから。

「そういえば、今日も同級生にラルのことを紹介して欲しいって頼まれたわ」

「そうか……」

「でもラルはいずれフランカ様と婚約することになるかもしれないものね」

僕には、二つ年下のフランカ王女の婚約者候補として、噂があった。実際にはそんな話はないのだが。

だが、エレアもその噂を信じているようだったし、他の令嬢からの誘いを断るための体(てい)のいい言い訳になるから、あえて彼女の前で否定はしていなかった。

それが、僕が他の女性に興味を示さない理由になっていたし。

僕がエレアを妹として大事にしているだけだと、安心してもらえる理由でもあったから。

「でもラルは本当に人気者ね！」

「……そうかな」

「そうよ、みんな言ってるわよ。ラルはとても格好いいって」

「エレアもそう思う？」

「え……っ？　ええ」

こういう話になるたび、僕は胸が抉(えぐ)られる思いがする。

なんでもないような顔で笑うエレアの顔を見て、つきんと胸が痛む。

そして、自分を格好いいと思うかと聞いてくるおかしな兄に優しく頷くエレアを見て、愚かな自分が嫌になる。

エレアの笑顔は大好きだ。

エレアが心から笑っていてくれるなら、僕はそれだけで幸せだ。

エレアのためなら、僕はなんだってできる。

そう思う気持ちも嘘ではないが、本音ではその笑顔を独占したいと思っていた。

だから、「妹を紹介して欲しい」というようなことは僕も言われていたが、エレアには黙っておくことにした。

しかし、ついにエレアの婚約者が決まってしまった。

ポールは僕と同い年だが、彼は騎士科ではなかったので、親しくはなかった。

エレアと婚約した男がどんな奴か調べずにはいられず、友人や知人を介してどんな男か探った。

父が決めた相手というだけあって、家柄は文句がなかった。成績もよかったし、一見優秀な伯爵家の跡継ぎであった。

女性関係の悪い噂もないようだった。

エレアの幸せを願えば、仕方ないこと……。兄として、妹の幸せを願わなければならないことも、理解していた。

しかし、まだわからない。

彼はエレアをきちんと大切にしてくれる男だろうか。なにがあっても裏切らないだろうか。

この僕よりも、エレアのことを愛してくれるだろうか？

――そんな男、いるはずがないと知っている僕は、ポールとエレアを二人きりにしないよう努めた。

そして、気がついた。

あの男は、キルステン侯爵家の娘と婚約したことを周りに自慢し、寄ってくる女性と二人で消えるようになったのだ。

キルステン家と繋がりができたことで調子に乗り始めたのだろう。

あんな男に、エレアを任せることなんてできない。

いや、やはり誰にもエレアは渡せない。僕がエレアと結婚しなければ――。

エレアが自分のもとからいなくなるかもしれないという恐怖を前に、ようやく僕は決心した。

父には一手間かけさせてしまうが、ポールの浮気の証拠を摑んだら二人の婚約を白紙に戻し、エレアと僕の結婚を認めてもらおう。

〝僕と結婚しよう〟

あの瞬間、あまりにも自然に、すっとその言葉が口から出たのは、僕がその想いをずっと胸に秘めていたからだ。

僕はもう、この気持ちを我慢しなくていい――。

そう自分に言い聞かせるたび、じわじわと込み上げてくる想いが僕の胸を締めつけ、熱くした。

「僕はエレアを心から愛している……」

あのときからずっと、この想いはまったく色あせていない。

五年ぶりに彼女を強く抱きしめて、僕は一生エレアを守っていこうと胸に誓った。

その抱擁（ほうよう）の意味を彼女が正しく理解してくれるのは、もう少し先になるのだが――。

◆戸惑う気持ち

その日、キルステン侯爵家が懇意にしている高位貴族宅で開かれたパーティーに、私はラルと参加していた。

私とポール様の婚約は公の場で発表したわけではなかったけれど、キルステン侯爵家の娘である私が婚約したという噂はあっという間に広まっていた。

そしてその婚約が白紙となったこともまた、あっという間に広まった。

「こんばんは、エレア嬢。本日のドレスは一段と素敵ですね。よろしければ私と踊っていただけませんか？」

「ああ、エレア殿。お久しぶりです。ずっとお会いしたいと思っておりました。私のこと覚えておられませんか？」

「エレア様、よかったら向こうでゆっくりお話しでも――」

今夜は随分たくさんの貴族令息に話しかけられる。

きっとみんなキルステン侯爵家と繋がりを持ちたくて、私の夫の座を狙っているのでしょう。

けれどどのお誘いも隣にいるラルが先ほどから美しい笑顔でお断りしている。

「申し訳ない。せっかくだが、エレアは肩を痛めていて今夜は踊れないのです」

元婚約者に乱暴に扱われたあのときのことを言っているのだとしたら、もうすっかりよくなっている。

けれどラルがあまりにもはっきりそう告げるものだから、誘ってきた貴族令息たちはなにも言えずに「そうでしたか……」と身を引くしかない。

「はぁ、婚約者がいなくなった途端にこれか。エレアは魅力的すぎて困るな」

「……魅力的なのは私ではなくキルステンの家柄よ」

「エレアは本当に謙虚だね。これだから心配で目が離せないよ」

「……」

ラルだって先ほどから美しい貴族令嬢に声をかけられたりダンスのお誘いをされたりしている。

それなのにとても爽やかな笑顔で、今後も訪れることのない「また今度」という言葉を返している。我が兄ながら、恐ろしい人だわ。

「私は大丈夫よ。もう子供ではないのだから」

「いいや、この間だって僕がフランカ様のダンスのお相手をしている間に、エレアがあんな目に遭っていたからね」

「……」

キルステン侯爵家の嫡男ラルは、あの日王女からダンスの誘いを受けて一曲踊ることになった。

私はその隙にポール様のことを追ったのだけど……まさかあんなことになるとは思わなかった。

あのときはラルが来てくれて助かったのだから、私はそれ以上なにも言えない。

「あれは私が自分で動いたのよ。それに、ラルだってそろそろ婚約者を決めなければならないでしょう？」

「はは、なにを言っているんだ、エレアは。僕の婚約者はここにいるだろう？　早く発表して、兄ではなく婚約者として堂々とエレアをエスコートしたいなぁ」

「……っ」

周りに声が漏れないよう、耳元で囁かれてびくりと肩が揺れる。

「それは……！」

「ふふ、本当に可愛いね、エレアは」

おそらく真っ赤になってしまっているだろう私を見て、楽しそうにクスクス笑っているラル。

それに対し、私はきょろきょろと周りに目を向けた。

ラルは目立つ。

侯爵家の嫡男というだけでも注目を集める人物なのに、その容姿もとても恵まれている。

出会った頃はそれほど変わらなかったのに、十五、六歳くらいからぐんぐん背が伸びて、今では見上げないと彼と目を合わせられない。

ゴールドベージュの髪色もとても美しく、端整な顔立ちに嫌味のない優しい笑顔がとても様になっている。

ラルの笑顔は母性本能をくすぐる。

やわらかくて、優しい癒やしのオーラが出ていて……そう、まるで女性や子供を癒やすぬいぐるみのような人。

どんなに美人な高位貴族のご令嬢も、彼の笑顔を前にすればみんな言葉を失って感嘆の息を漏らす。

私たちが血の繋がっていない兄妹であることは周知の事実なので、社交場でいつもラルの隣にいる私を睨みつけてくるご令嬢も、少なくない。

……まぁ、気持ちはわかります……。

だから婚約者ができたときは、これからはエスコート役をポール様にお願いしようと思ったし、彼と踊ってこようともした。

けれど「結婚していないのだから、まだいいんじゃないかな」と言って私を離さなかったのは、ラルだ。

結果的に、あんな男と踊らなくてよかったと、心から思うけど。

「――ラル！」

ラルと二人で話をしていたら、爽やかな声の男性がラルの名前を呼んでこちらに歩み寄ってきた。

「ギドも来ていたのか」

「こんばんは、エレアちゃん」

「こんばんは、ギドさん」

彼の名前はギド・シュティヒ。ラルと同期の騎士で、とても力のある辺境伯家の嫡男。

真っ赤な髪と瞳がとても印象的な人で、見た目は大きくて怖い感じがするけれど、とても話しやすくて優しい人であることを知っている。

ギドさんはラルと仲がいいので、私も何度も顔を合わせたことがある。

「聞いたよ。大変だったね」

ギドさんは私に優しい視線を向けてそう声をかけてくれた。

「まぁな。だが結果的にあの男とエレアの婚約を解消することができてよかったよ」

私が言葉を返す前に、ラルが小さく息を吐きながら言った。

「はは、兄貴も大変だな。色んな男に声をかけられていたが、いい相手はいたかい？」

「いいえ――」

「いるわけないだろう？　今日は付き合いで来ただけだから、もう帰るよ」

また、ギドさんが私に聞いた質問に、ラルが答えた。

「そうか。それじゃあ、また今度ゆっくり」

「はい。失礼します」

ギドさんとの挨拶もそこそこに、ラルは私の手を掴むとさっさと歩き出してしまう。

ギドさんはいつまでもこちらを見ているようだけど、失礼ではなかったかしら？

私たちの父と、ギドさんのお父様も騎士を務めており、同期でライバルだったのだとか。

それぞれが団長職に就いており、よく競っていたという話を、お酒を飲んで酔った父から何度か聞いたことがある。

ラルとギドさんは仲がいいのでそういう心配はないし、父たちも騎士職を引退した今では和解しているそうだけど。

「ねぇ、ラル。せっかくギドさんが声をかけてくれたのに、よかったの？」

「彼とは明日も仕事で会うから、別にいいよ」

「そう……」

「それより早く帰って休もう。今日は疲れただろう？」

私を気遣ってくれたのかしら。私は平気なのに。

ラルはとても過保護な兄。だけど、それは私の生い立ちのせい。

五年前、ラルに助けを求めたのは私。

ラルは優しくて責任感が強いから、私がこの家から正式に嫁ぐその日までは自分が面倒を見ようと思ってくれていたのだと思う。

そのせいで、まさか私との結婚まで考えてくれるなんて、想像もしていなかったけど。

＊

「エレアを狙ってくる悪い虫を追い払うのは大変だよ。早く僕との婚約を発表したいな」

パーティーから帰ってきて、お互い楽な格好に着替えると、ラルが私の部屋にやってきた。

「もう子供じゃないのだから、ずっと私といてくれなくても大丈夫なのよ？」

「エレアは純真すぎるから、変な男に捕まりはしないかと心配だよ」

「ぼくもしんぱい」

「そうだろう？　ほら、ラディも言ってる。だから僕が守ってあげないとね」

「ぼくもエレアをまもってあげるよ」

「……大丈夫よ。誰かと二人きりになったりはしないから」

侍女が二人分の紅茶と、ラディ用にホットミルクを用意してくれると、ラルは笑顔で「ありがとう」と言って彼女を退室させた。

「本当かな。世の中には上手いことを言って女性を騙そうとする男もいるからね。エレアの優しさにつけ込もうとする奴もいるかもしれない」

「いるかもしれない」

「だからってあんなふうにいつも一緒にいたら、変に思われてしまうかも……」

「どうして？」

「どうして？」

「……だって、普通兄妹はこんな距離で話したりしないもの」

今も、なぜかラルは私の隣に座っている。

しかも少し手を伸ばせば簡単に届いてしまう距離にいる。近い。とても近い。

私の膝の上にいるラディがラルの真似をしながら私を見上げていて、私は二人から注がれる視線に、逃げるように目を逸らした。

「だから人は払っただろ？」

「……本来、こんなふうに婚約者以外の人と二人きりになるのはよくないことなのよ」

「ぼくもいるよ」

「そう、ラディがいる。二人きりではないよな？」

〝ねー〟と顔を見合わせて微笑み合う二人は、なんだか息がぴったりだ。

「……」

ラルは先ほどのパーティーのときよりも距離が近い。

私に身体を向けて、ソファの背もたれに頬杖をつきながらじぃっと私を見ている。

その口元には笑みが浮かんでいるけれど、視線が甘すぎる。

「それに……僕たちは兄妹だから、二人きりになってもいいんだよ」

そして、私の髪を一束取って、「エレアは本当に可愛いな」と言いながらそこに口づけてしまった。

そんなラルからまた目を逸らすようにまぶたを伏せ、強く言い切る。

「兄妹は、こんなふうに触れ合ったりしない……っ」

「だってエレアが可愛すぎるから」

するとラルの吐息が頬にかかり、耳元で甘く囁かれた。

一瞬で熱を持った耳をばっと押さえてラルを見ると、彼はとても楽しそうに笑っていた。ラディは大人しく私の膝の上にいる。

「……ラル」

「ごめんね、エレアの反応が可愛すぎて、つい」

からかわれただけなのだろうけど、ラルの瞳に見つめられると責めることなんてできなくなる。

今まではさすがにここまでされたことはなかった。

「結婚しよう」というのも、どういうつもりなのかわからず、戸惑ってしまう。

「……まぁ、今までずっと兄として僕のことを見てきたんだ。急に婚約者として見るのは難しいかもしれないが、ゆっくりでいいから僕のことを男として意識してみてくれないかな？」

「……」

なにも答えられずただ視線を返すだけの私に、ラルはそっと手を伸ばすと、頭を撫でるように髪に触れ、その毛先にもう一度口づけた。

その仕草(しぐさ)はどう見ても兄ではなく、一人の男性として私に接しているのだとわかる。

「それじゃあ僕は部屋に戻るね。おやすみ、エレア」

「……おやすみなさい、ラル」

「おやすみラル」

挨拶にだけはなんとか応えると、ラルは優しい笑みを残して部屋を出ていった。

私は妹でも、ラルに大切にされて幸せ。それだけで十分だった。

この五年間の思い出があれば、私はこの先一生頑張れると思っていた。

けれどあの日、私はポール様の浮気現場に突入してしまった。

本当はこの家を出ていきたくないと、ラルともっと一緒にいたいと、私は心の中で願っていた。

だって本当は、今でもラルのことを男性として意識しているのだから。

◆怪我をしたラル

「……あの、ラル。今日お仕事から戻ったら、少し話せる？」

その日の朝、仕事に行くラルを見送るため、玄関で彼と向き合っていた私は勇気を出してそう口にした。

最近、私はずっと考えていた。

ラルが本気で私と結婚しようとしてくれているのは、わかった。

であれば、一度きちんとラルと話さなければならない。

ラルがどういうつもりで私に結婚しようと言ってくれているのか、きちんと確認しなければ。

ラルは優しいから、ただ兄として妹を心配して言ってくれたのだろうか……それなら、結婚しても仮の夫婦になる。

それとも、ラルは私のことを妻として愛そうとしてくれているのだろうか——。

でも、五年間兄妹として育ってきたのに……？

どっちみちラルは侯爵家の跡継ぎを作らなければならないのだから、ラルがどういうつもりで私に結婚しようと言ってくれたのかで、私の覚悟は大きく変わる。

「僕は今でもいいんだけど？」

すると、私がなにを言いたいのか予想できたのか、ラルは一歩私に歩み寄って、顔を覗き込むように微笑みを向けてきた。

こんな至近距離で……ちょっと待って……！

「今は……わかった。それじゃあ今日は早く帰るから、今夜話そうか」

「……わかった。仕事に遅れてしまうから……！」

「ええ、いってらっしゃい」

ラルの顔を直視することができなくて視線を俯けながら答えると、ラルが私の頭上でくすりと小さく笑ったのが聞こえた。

たったこれだけのことで、胸がドキドキする。

こんな状態で、私はちゃんとラルの気持ちを確認することができるのだろうか……。

ラルが帰ってきたらなんと言ってこの話を切り出すか、その日はずっとそのことばかりを考えて過ごした。

＊

「――ラル、帰ってきてる？」

「いいえ。まだでございます」

「そう……」

けれど、その日はラルの帰りが遅かった。

いつもの帰宅時間を過ぎてもラルが帰ってくる気配がないので、私は両親とともに先に夕食をとり、お風呂を済ませることにした。それでもラルはまだ帰ってきていない。

今日は早く帰ってくると言っていたのに、なにか問題でも起きたのかしら。

……心配だわ。

「まだお待ちになりますか？」

「……そうね、もう寝るわ。メアリも休んで」

「かしこまりました。おやすみなさいませ、エレア様」

「おやすみ」

私が起きていたら彼女も寝られないと思い、侍女のメアリにはそう声をかけて一旦部屋に戻った。

その後、そっと部屋を出て広間に向かう。ラディはもうベッドの上ですやすやと眠っていた。

屋敷の者はみんな、既に寝ている。

ラルは仕事が遅くなるとそのままお城に泊まってくることもあるけれど、今日に限ってそれはないような気がする。

だってラルは今日、帰ったら話そうと言ってくれた。

ラルが今まで約束を破ったことはない。

だからきっと、なにかトラブルが起きてなかなか帰れないのだと思うけど……それでも絶対に帰ってきてくれるはず。

そう信じて、私は広間の大きなソファで本を読みながらラルの帰りを待つことにした。


「――様、エレア様！」

「……ん」

いつの間にか、私は眠ってしまっていたらしい。

メアリに名前を呼ばれて目を覚ますと、広間のソファの上だった。

「こんなところで寝ていたら、風邪をひいてしまいますよ」

「そうね、ごめんなさい。……ラルは？」

「昨夜はお戻りにならなかったようです」

「……そう」

メアリは、このキルステン家に長く仕えているベテランの侍女。年齢不詳だけど、三十代前半に見える大人で（たぶんもっといってるけど）、いつもチョコレートのような艶のある茶色い髪を綺麗にシニョンでまとめている。まったく隙のない人。

そんなメアリは、ソファで毛布もかけずに寝ていた私に、「すっかり身体が冷えてしまっているじゃないですか」と言いながら厚手のガウンを羽織らせてくれた。

結局、ラルは帰ってこなかった。

すごく遅くなってしまったから、お城に泊まってくることにしたのかしら。それならきっとそのまま仕事を続けるだろうから、今朝も戻らないと思う。

会えるのは今夜ね。

少し寂しい気持ちと、よほど忙しかったんだなと思う心配な気持ちが混ざり合って、胸が苦しくなる。そして私も着替えてこようと立上がったときだった。

「エレア様、王宮から報せ(しら)が届きました」

「え？」

玄関のほうからバタバタとやってきた使用人の手に握られた手紙に、ドキリと鼓動が跳ねた。なんだか嫌な予感がして、その手紙を受け取るとすぐに封を切る。

手紙には、王都付近の西の町に突如現れた魔物を討伐するために、急遽騎士団が派遣されたということが書かれていた。

「……そんな」

その討伐にラルも参加し、怪我をしてしまったらしい。

この国には魔物がいる。けれどここ数年は、魔物の被害は少なかったはず。

それも、王都付近の町だなんて……。

そうしているうちに、父が起きてきた。

「おはようエレア。なんだ、まだそんな格好をしているのか。……ん？　一体どうしたんだ？」

「お父様……ラルが！」

父にも手紙を見せると、低く唸りながらその表情を厳しく歪めた。

「――そうか。すぐに城へ馬車を出そう」

「はい……！」

とても心配だけど、泣いている場合ではない。とにかくラルに会いに行かなければ。

そう思い、急いで自室に駆け込むと出かける準備を始めた。

「おはようエレア。どこにいくの？」

「お城よ。ラルのところ！　ラディは待ってて」

「うん、わかった。きをつけてね～」

ベッドの上で私に手を振ったラディに、私も小さく手を振り返し、急いで馬車へと向かう。

……きっと大丈夫。ラルは強いもの。

父とともに馬車に揺られながら、震えてしまいそうになる手をぎゅっと握りしめて、心の中でラルの無事を祈った。


王宮に着くと、ギドさんが慌てている私と父に事情を説明してくれた。

ギドさんの話によると、西の町にホーンラビットの群れが現れ、その討伐のため、騎士団が派遣されたらしい。

ホーンラビットは黒い角が生えた兎に似た魔物で、身体が大きくて獰猛（どうもう）。

ラルは仲間の騎士を庇って左腕を咬みつかれ、怪我を負ったようだ。

その魔物はすぐに自らの剣で倒し、同行していた魔導師による治療で止血されたのだけど、その牙はラルの骨にまで届いてしまった。

きっとすごく痛かっただろうし、しばらくは騎士の仕事も休まなければならない。

「――ラル！」

話を聞いた後、ギドさんの案内で治療を終えたラルのもとへ駆けつけた私に、ラルはいつもと同じ笑顔を見せた。

「エレア……わざわざ来てくれたのか」

「ラル、心配したわ！　大丈夫？」

腕に包帯を巻いているラルの姿に、涙ぐみそうになる。

怪我はしてしまったけど、生きていてくれて本当によかった……！

「大丈夫だよ。そんな顔をしないで、エレア。優秀な薬師（くすし）が調合してくれた薬をもらったから、それを塗っていればすぐに治るよ」

「……本当？」

「ああ、本当だよ」

きっと、私を心配させないように、無理に笑っているのね。ラルはいつもそう。自分が辛くても、私のために笑ってくれる。

その笑顔に、かえって涙が溢れそうになるけど……、必死に堪えた。ラルが笑っているのに、私が泣いては駄目よね。

「父上も、わざわざありがとうございます」

「いや。ご苦労だったな、ラルフレット」

「それじゃあ、ギド。僕はもう帰るよ」

「ああ、しっかり養生しろよ」

「ありがとう」

そう言ってベッドから立ち上がるラルの身体を支え、私もギドさんに深く頭を下げてお礼を述べる。

「本当にありがとうございました」

「俺はなにもしていないよ。エレアちゃん、ラルが無茶しないよう、しっかり見張ってあげてね」

「はい」

「ラル、しばらくは大人しくしてろよ？　今度俺もおまえの家に見舞いに行くから」

「来なくていい」

「相変わらずだな、おまえは！」

ギドさんといつもの調子で話をするラルを見てほっとしながら、医師から薬を受け取る。

「私は陛下に挨拶をしてくるから、おまえたちは先に戻っていてくれ」

「わかりました、お父様」

昔騎士団長を務めていた父は、今でも国王陛下と交流がある。

そんな父と別れ、ラルとともに馬車に乗り込んだ。


「――情けないな」

「え？」

馬車の中で、ラルがぽつりと呟く。

「こんな怪我をしてしまった。……僕はまだまだだな」

ふっと小さく口元だけで笑ってそう言ったラルに、いつになく漂う悲壮感。顔では笑っていても、やはりラルは落ち込んでいる。

そんなラルの言葉を、私は身を乗り出す勢いで否定した。

「情けないわけないじゃない！　ギドさんから聞いたわ。ラルのおかげで誰も死なずに済んだって」

ラルは誰よりも活躍して、そのうえで襲われそうになっていた仲間のことも助けた。自らが怪我を負ってまで。

「でも、怪我をしてしまった。格好悪いだろ？」

「そんなことない。みんなのために先陣を切って戦ったあなたは誰よりも格好いいし、誇らしいわ」

だから、強くそう言い切った。

「……エレアにそう言ってもらえるなら、嬉しいな」

熱心にラルを見つめて言うと、ようやくわかってくれたのか、彼の表情が少し緩んだ。

「片手が使えないと不自由なことも多いでしょうから、なにかあったら遠慮なく言ってね。私にできることはなんでもするから！」

「ありがとう。でも大抵のことは使用人がやってくれるから」

「そうだけど……」

でも、ラルは普段から使用人にあれこれ頼んだりしない。だから無理をしてでも、自分でやろうとすると思う。

「……それじゃあ、エレアにしか頼めないことをお願いしようかな」

「ええ、なんでも言って！」

「本当になんでもいいの？」

「もちろんよ」

「じゃあ、こっちに来て」

「？」

なんだろうと思いながらも、言われた通り移動する。

すると、ラルはこてん、と私の肩に頭を乗せてきた。

「ラル……っ」

「重い？」

「いいえ……」

「じゃあ、少しこのままでいて」

「……わかったわ」

ラルは、やっぱり疲れているのだと思う。

本当なら今日は無理に帰らなくてもよかったのに、父やギドさんの前でも辛い様子を見せずに、笑顔まで浮かべていた。

ラルはいつも頑張りすぎよ……。

「ありがとう、エレア」

「ううん」

私の肩に頭を乗せるラルの顔にちらりと視線を落とすと、綺麗なゴールドベージュのまつげが目に映った。

髪と同じ色のまつげは、男性なのにとても長くて綺麗。鼻筋も通っているし、本当に素敵な人。

私がずっと、好きだった人。憧(あこが)れだった人……兄になった人。

私はこの人と、結婚できるかもしれない——。

「……エレアの心臓、すごくドキドキいってるね」

「え……っ！　ごめんなさい、うるさかった？」

「ううん。可愛い」

「……っ」

ラルはそう言って頭を上げると、私の顔を見つめて、怪我をしていないほうの手を伸ばした。

その手を私の頭に乗せると、撫でるように少し動かした後、そのままゆっくり頬へと滑らせていく。

「エレア……もしかして緊張してるの？　どうして？」

「……どうしてって」

それは、ラルがこんなに近いから……!!

「そういえば、僕に話があったんだよね？　話なら今聞くよ」

「えっ？　えっとぉ……」

私の考えていることを読み取るみたいにそう言って、顔を覗き込んでくるラル。

そう、私はラルと話をしようと思っていた。

なんて切り出すか、考えていたはずだけど……ええっと……なんだったかしら？

「エレア？」

「…………」

ち、近い……！　距離が近くて、頭の中が真っ白になる……!!

狭い馬車の中で、こんなに近い距離で、二人きり。ラディもいない。

「聞きたいな、エレアの口から」

「あの、それは……」

「ん？」

「…………」

ラル、私にしゃべらせる気ある!?

そう思ってしまうほどの至近距離に、私は口を開いたまま言葉を紡げずに固まった。

そうしていると、ゆっくりと馬車が停車した。どうやら屋敷に着いたみたい。

「も、もう、着いてしまったわね……？　また今度、ゆっくり話すわ」

「……残念。わかったよ」

小さく息を吐いて、ようやくラルが私から距離を取ると、使用人により外から馬車の扉が開けられた。

先に降りたラルは、しっかりと私の手を取ってエスコートしてくれる。

「ありがとう……」

「いいえ」

怪我をしているし、すごく疲れているはずなのに。やっぱりラルは辛そうな顔を一切見せない。

「――おかえりなさいませ、ラルフレット様。奥様がお会いしたいとおっしゃっていますが、お身体は大丈夫ですか？」

執事長が前に出てラルに声をかける。キルステン家の使用人たちは、魔物の討伐から無事に帰ってきたラルを労（いたわ）るように出迎えた。

「平気だよ。怪我しているのは腕だけだからね。僕のほうから母上の部屋に行くよ」

「かしこまりました」

「それじゃあ、またねエレア」

「はい」

このままお母様のお部屋へ向かうことにしたラルから手を離し、私も自分の部屋に向かおうとした。

「あ――そうだ」

「……？」

けれど別れ際、ラルはなにかを思い出したように声を上げ、そっと私の耳元に顔を近づけて囁いた。

「今度着替えを手伝ってもらおうかな。一人で着替えるのは大変だから」

「ええっ!?」

どうして私!?　それこそ、そういうことは使用人にお願いすればいいんじゃ……！

「……ごめん、冗談だよ。エレアがいつまでも心配そうな顔をしてるから。でも真っ赤になって、エレアは本当に可愛いね」

「………ラル」

クスクス、と楽しそうに笑いながら。ラルは今度こそお母様のお部屋のほうへと足を進めていった。

あの義兄（あに）は、なんてことを言うのかしら……。

でもその背中を見つめながら、ラルが元気で戻ってきてくれて本当によかったと、心から感じた。

◆七年越しの想い

翌日から怪我が治るまでの間、ラルは仕事が休みになった。

結婚について、早くラルと話したいけれど……。それはラルの怪我がよくなってからにしようと思う。彼の負担にはなりたくない。

薬師が調合し、魔導師が魔力を込めてくれた傷薬を、一日に三回ラルの腕の傷口に塗り込む。

そうすれば通常よりも早く傷が治るそう。一瞬にして完治させるほどの大魔法を使える者はこの国にはいないけど、それでも魔導師団の方たちの力は本当にすごいと思う。

私も自分が持っている力を使って、ラルのように国の役に立ちたい。それが私の密やかな目標。


「――エレア、なにをしているの？」

「魔法の練習よ」

王立学園の魔法科を卒業した私は、本当は精霊使いになりたかった。

でも、「結婚したら妻には家にいて欲しい」と言うポール様と婚約したから、精霊使いになるための試験を受けるのは諦め、花嫁修業をすることになった。

私には幼い頃から、他人には見えない精霊たちが見えた。

精霊とは、風や水、炎や土などに宿っている自然的な〝気〟のこと。

本来肉体を持たないその霊の姿を捉えることができる者は、そういない。魔力を高めれば自分が持っている属性の精霊が見える者はいるけれど、限られた属性の精霊だけではなく、私にはあらゆる精霊の姿が見える。

こういう力は、稀。

だからポール様との婚約がなくなった今、精霊使いになるための試験を受けられないかと考え、こうして庭で魔力を扱う練習を続けている。

「見ていてもいい？」

「いいけど……」

そしたら、散歩をしに来たらしいラルに見つかってしまった。別に内緒にしていたわけではないからいいけど……練習をラルに見られるのは、少し恥ずかしい。

緊張のせいか、身体も熱い気がする。

いつもとは違う意味でドキドキしながら、目の前のなにもない土の上に手をかざして意識を集中させる。

「……」

そして心の中で土の精霊を呼ぶ。

――大地の精霊よ、私に力を貸して――。

すると、ズズズ、と小さく地面が揺れてそこに人の形をした土の精霊が姿を見せた。大きさは膝丈くらいで、まだ小さい。

「へぇ……ノームか。すごいな」

それでも心の声が漏れたように、ラルが小さく呟いた。

私には常に精霊たちの姿は見えているのだけど、こうして実体化するには魔力を使わなければならない。もっと訓練すれば、きっともっと大きなノームを作り出すことも可能になるはず。精霊たちを自在に操ることができれば、戦いの場で役に立つこともできるようになる。

「歩いて」

私がノームに指示を出すと、その場でとことこと歩き出す。

「跳んで」

そう指示すればその場でぴょんと跳んでみせる。

「よし、それじゃあ……回って！」

お次はくるくると回転するノームに、だいぶ魔力コントロールができるようになってきているなと、胸を撫で下ろした。ラルの前で失敗しなくてよかった。

「すごいね、エレア」

「まだまだよ」

ラルの言葉に少し照れつつ、ふぅと息を吐いたときだった。

ぽたりと、私の顔に水の雫が落ちてきた。

「あはははは――！」

「ウンディーネ……！」

楽しげに笑う声。この声は、水の精霊、ウンディーネ。

「こんにちは、ウンディーネ」

「こんにちはラル。今日はラルと一緒だなんて、珍しい！」

水色の長い髪に、ほっそりとした体型。彼女はとても自由な精霊で、私の意思とは関係なく実体化して現れる。

今の大きさは、私の手のひらくらいの小さな姿だけど、私が最初に仲良くなった精霊が彼女で、私のことを気に入ってくれているらしく、私と同じくらいの大きさになって現れることもある。

「そう、ラルは怪我をしてしまったから、仕事に行けないのよ」

「まぁかわいそう！」

素早く飛んで包帯が巻いてあるラルの腕の前まで行くと、ウンディーネは興味深そうにそこを見つめた。

「ラル、大丈夫？」

「大したことはないから、大丈夫だよ」

「そう、よかったわね。それにしてもエレア、ノームも操れるようになってきたなんて、すごいじゃない」

「ええ、おかげ様で」

私が操れるのは、今のところ水と土の精霊だけ。でも土の精霊ノームは、まだまだあまり言うことを聞いてくれなくて、操るのが大変。

ノームとは未だに会話したことがない。ウンディーネと違って、ノームの見た目は人とかけ離れた土人形のよう。これは私の力がまだまだだという証拠。

それでも水と土、二つの精霊を操ることができるのは珍しいということも知っている。だから私は、精霊使いになりたい。

「あ……」

けれどウンディーネと話している間に、ノームは消えてしまった。

やっぱりまだまだ力が足りないようね。

「それじゃあ、またね！」

ふわりと飛んで、ウンディーネも姿を消してしまった。

「精霊が自由に操れたら、手を怪我していても便利だね」

「そうね」

包帯を巻いている自分の左腕を見ながらそう言ったラルは、私を励まそうとしてくれているのだと思う。だから私も笑顔で頷いたけど、そういえば昨日、ラルに着替えを手伝って欲しいと言われたことを思い出す。

確かに困ったことがあればなんでも言ってと伝えたけれど、着替えを手伝うなんて考えてなかった。

まぁ、冗談だったみたいだからいいんだけど……あんなことを言われてしまったから、もう一度言うのはなんとなく気が引ける。〝なんでも〟じゃないじゃない。と、自分で思ってしまうから。

「……くしゅんっ！」

「エレア、大丈夫？」

「ごめんなさい」

そのとき、ぶるりと身体を寒気が走って、くしゃみが出た。今日は天気がいいし、まだ日も高くて暖かいはずなのに……。

ラルの前で盛大にくしゃみをしてしまったことが恥ずかしかったけど、ラルはすぐに私の額に手を当てた。

「……エレア、熱があるようだよ？」

「え……？」

そういえば、さっきから少し頭が痛いような気がしていた。でもそれは考えごとばかりしているせいだと思っていたけど、熱のせいだったの……？

「大変だ。早く中に入ろう」

肩を抱かれるようにしながら屋敷の中へ戻ると、ラルはすぐに使用人に声をかけた。

「なにかあたたかい飲みものを用意してくれ。それから医師を呼んで欲しい。エレアが熱を出した」

「かしこまりました」

それを聞いた使用人がすぐに動き出す。

「大変だわ」

侍女のメアリが、ガウンを手に真っ先に歩み寄ってくると、私の肩にかけてくれた。

その後、主治医に診てもらった私は、そのまま自室のベッドで休むことになった。

医師が処方してくれた薬を飲むために胃になにか入れるよう、使用人が用意してくれたのはパンとミルクで作ったお粥。

なぜかそれをスプーンで一口すくって、私に食べさせようとしているのはラルだった。

「はい、エレア。口を開けて？」

「……大丈夫よ、ラル……一人で食べられるから」

「こういうときは無理をしないで、僕に甘えて？」

腕を怪我しているのはラルのほうなのに。

彼は「うつるといけないから」と言って侍女たちを部屋から追い出し、私の看病を買って出た。

なぜかラディの分もパン粥があって、ラディはソファ前のローテーブルで、一人でそれを食べている。

風邪をひいたのはとても久しぶり。

広間のソファで寝てしまったのがいけなかったのだと思う。

「ラルにうつってしまうわ」

「僕は日頃から鍛（きた）えているから大丈夫だよ。それに、どうせ今は仕事が休みだしね」

「でも……」

「いいから。はい、あーん」

有無を言わせない笑顔で、ベッドサイドの小さなテーブルに乗せたトレーから、パン粥を一口すくって。

更にそれをフーフーしてから、私の口元に運ぶ。

なぜだかとても楽しそう。

「……ん」

食べて薬を飲まないと治らないよ？　なんて言って少し強引にスプーンを口元に運ばれたから、パクッと素直に食べると、ラルはふっと笑って満足そうに呟いた。

「可愛いなぁ」

「……子供扱いしないで。自分で食べられるんだから」

「子供扱いしているわけじゃないよ？　エレアがもう立派なレディだということはもちろんわかってる」

「そのレディの部屋に入ってくる男性はあなたくらいよ」

私は部屋着に着替えて、ベッドに座っている。こんな無防備な格好をしているのに、堂々と二人きりになるなんて。

私たちが〝兄妹〟ではなかったら、こんなことはあり得ないわ。

「それは光栄だ」

「ラルに婚約者がいなくてよかった」

「え？」

「だってこんなことが知られたら、きっと私は嫉妬という刃に貫かれてしまうから」

それでなくてもラルのファンにはいつも睨まれている。

もし婚約者がいたらと思うと……ぞっとする。

まぁ、もしそういう相手がいたら、さすがにラルもこんなことしないと思うけど。

「そんな人はこの先も現れないから、安心して？」

「え？」

「言っただろう？　僕はエレアと結婚するんだ」

にこやかに微笑んで、私を安心させるようにそう言ってくれるラル。

「だから早くよくなって？　そしたらエレアを養女として出す家を決めて、正式に婚約しよう」

「……ラル」

ラルは侯爵家の跡継ぎ。王女様とだって結婚できる人物。

そんな人の将来を、義妹（私）のせいで台無しにして、本当にいいのかしら……。

「エレア？　どうかした？」

「……気持ちは嬉しいけど、元気になったら私が自分で結婚相手を探すわよ？」

ラルがどういうつもりで私に婚約を申し入れてくれたのか、きちんと確認したいと思っていたけど。

風邪で頭がぼんやりしていたせいか、私は用意していたのとは違う言葉を口にしてしまった。

「それ、本気で言ってるの？」

「え……？」

ラルの顔から、すっと笑顔が消えていく。

そして、珍しく少し低い声を放つラル。

「エレアは僕が夫では不満？」

「そうじゃないけど……！　でも、私ではラルに釣り合わないと思って。私はラルの妹になれただけで、十分すぎるくらい幸せだから、私のためを思って言ってくれているのなら――」

「エレアは、僕の妹のままで満足なの？」

「……それって、どういう意味？」

「兄妹はこんなふうに触れ合ったりしないんでしょ？」

「……し、しないわ！」

突然顔を近づけてきたと思ったら、〝コツン〟とおでこにラルの額が当たる。

「でもエレアの顔、とても赤くなっているけど……これは熱のせいかな？」

「そうよ……」

「ふぅん」

違う。熱のせいだけではない。

けれど認めてしまえば、どうなるかわからない。

「ラル、もう少し離れて！　本当に風邪がうつってしまうわ……」

「この際だから直接うつしてもらおうかな。そしたらエレアはすぐ治るかも」

「！　そんなの困るわ、変なこと言わないで……！」

一瞬でそれを想像して、思わず大きな声が出た。

「ラル、エレアをいじめちゃだめ」

「……はは、いじめてないよ、ラディ。でも熱が上がっちゃったかな？」

そうしたら、いつの間にかパン粥を食べ終わったらしいラディが、ラルの脚にしがみつくようにくっついていた。

口の周りが汚れていて、ラルのズボンにも付いたように見える。

私がいじめられていると勘違いしたのね。

「ラディ、食べ終わったらちゃんと口の周りを拭かないと」

「だってラルがエレアをこまらせてたから」

「ごめんごめん」

ラディを抱き上げて膝に乗せ、トレーの上にあったナプキンで口を拭いてあげるラル。

ようやくいつものように笑ってくれたラルに、私はほっと胸を撫で下ろす。

もう、ラルったら……。

「でも僕は本気だよ。本気でエレアと結婚したいと思ってる」

ラディのおかげで少しだけ気持ちを落ち着かせることができたけど、続けられたラルの真剣な声色にドクンと一回鼓動が跳ねた。

「……ラルは他に好きな人とか……いないの？」

聞いてから、いたらどうしようなんて後悔する。そんなの、本当は聞きたくない。

「いないよ」

けれど即答された否定の言葉に安心していたら、間髪容れずに次の言葉が紡がれた。

「エレアの他に好きな人なんて、いない」

まっすぐ、私に突き刺さるような声だった。

「僕が好きなのは君だからね、エレア」

「……え」

「もちろん家族としての意味ではなく、一人の男としてだよ。僕はエレアのことを愛している。五年……いや、七年前から、ずっとね」

七年前って……そんなの、出会った頃じゃない。

まさかという思いでラルを見つめると、彼はとても冗談で言っているとは思えないほど真剣な表情で私を見ていた。

いつもの優しい、あの笑顔がない。

「……ラル？」

「兄妹なのに、気持ち悪いと思った？」

信じられない言葉に混乱してしまった私は、ラルからの質問に思い切り首を横に振る。

気持ち悪いわけがない。違う。そうではない。だって私もラルのことが好きだから。でも、そんなことって――。

「僕たちは血が繋がっていないのだから、なにも問題はないんだよ」

「もんだいないね」

私とラルを交互に見ていたラディが、話の意味を理解しているのかもわからない調子でラルの言葉に続けた。

「……でも、この想いが僕からの一方的なもので、エレアがそれを望まないのなら――エレア?」

言葉の途中で、ラルが驚いたような声で私を呼んだ。

「ごめん、困らせてしまったかな。泣かないで、エレア」

「ラル、やっぱりエレアをいじめたの?」

「……違うの」

「え?」

ラルが慌てたのは、私の瞳から涙がこぼれ落ちていたから。

「嬉しくて、泣いているのよ?」

「そうか、エレアはうれしくてないてるんだ」

ラディを安心させるようにそう言うと、私はラルを見つめて口を開いた。

「ラルは優しいから、これ以上私が傷つかないように結婚しようと言ってくれたんだと思ってた」

「違うよ、僕はエレアのことが好きなんだ。五年前のあのときは、僕に力がなかったせいで婚約することができなかった。エレアが幸せになれるなら、この気持ちを諦めようと思ったこともある……でも、やっぱり諦め切れない。僕はエレアのことが好きだ」

もう一度、はっきりと力強く言ってくれたその言葉に、五年前のあの日を思い出す。

「ラルは、いつも私を助けてくれて、私の幸せを願っていてくれた……」

五年前のあのときだって、ラルが私を助けてくれたおかげで今がある。もしラルが来てくれなかったら、私はあのまま死んでいたかもしれない。

「私は今でも十分幸せだけど……でも、本当は、私もラルと結婚できたら、どんなに素晴らしいことかって、何度も夢見たわ……」

「――エレア、本当に？」

「ええ……」

こぼれた涙を拭って、こくりと頷く。

ラディは静かに、私たちを見守ってくれている。

「私も、ラルのことが好き。ずっと、好きだった」

震える唇を必死に動かし、しっかりラルの目を見て言葉を紡ぐ。

ラルもまっすぐ私を見つめてくれていた。

「それじゃあ、僕と結婚してくれる？」

「うん。私はラルと結婚したい。ラルと、ずっと、ずっと一緒にいたい。大好きよ、ラル。世界で一番、大好き」

最後の言葉を口にしたら、気持ちを押し出すように、ぽろぽろと涙が頬を伝い落ちていった。

本当は私も、ずっとこの言葉を言いたかったんだ。ラルに好きって伝えたくて、たまらなかったんだ。

口にしてみて、初めてわかった。今までずっと、好きになってはいけない人だと言い聞かせてきたその人に、こうして直接この気持ちを伝えられる日が来るなんて。

口にした瞬間、ずっとかけられていた呪縛が解けるように、すっと気持ちが楽になった。

「ありがとう、エレア。エレアの口からその言葉が聞けて、本当に嬉しい……」

「ラル……」

ラルの腕が素早く伸びてくると、彼の胸の中に強く抱きしめられた。

「随分遠回りしてしまったね……もう、どんなことがあっても、離さないよ。エレア、僕が必ず幸せにするからね」

そう言ったラルの声が、小さく震えていた。もしかしたら、ラルも泣いているのかもしれない。

その声音を聞くだけで、ラルの想いがどれほどのものか伝わってくる。

きっと私が思っていたよりずっと、ラルは私のことを想ってくれていたのだと思う。

「待たせてごめんなさい……本当に私がラルと結婚していいのか、不安だった」

「いいんだよ。僕の相手はこの世で君だけだ、エレア」

「……うんっ」

五年間……いや、七年間の想いがひしひしと伝わってきて、胸の奥がぎゅうっと締めつけられる。

ラルも泣いていると思ったら、私も一層泣けてきた。

とても愛おしいラルを、私は両手で力いっぱい抱き返して、これが現実だということを実感する。

私もラルも、これからは自分の気持ちに正直に堂々と生きていいのよね。ラルのことが好きだと、声に出していいのよね。

「ぼくもふたりのことがだいすきだよ」

ラルと抱き合っていたら、とうとうラディも私にぎゅっと抱きついてきて、そう言った。

「ふふ、私も大好きよ、ラディ」

「みんな、ずっといっしょにいられるんだね？」

「ああ、そうだよ、ラディ」

「よかった」

ラルもそんなラディの頭を撫でて、笑った。

「……それじゃあ僕は父上に、エレアも結婚を承諾してくれたと伝えてくるよ。また様子を見に来るから、ゆっくり休んで。ちゃんとお粥を食べて、薬を飲んでね」

「うん、わかった」

「ええ」

なぜか私より先に返事をする、ラディ。

そんな私たちにいつもの優しい笑顔を残して、ラルは部屋を出ていった。

「おかゆおいしいよ、エレアもたべないと」

「……ええ、そうね」

「ぼくがたべさせてあげようか？」

「……」

ラディがなにか言ったけど、私はまだラルの言葉が頭の中をぐるぐる回っていて、返事ができない。

心臓がドキドキとあまりに速く脈打ちすぎて、破裂してしまうのではないかと思った。

これからはラルの妹ではなく、婚約者として隣にいられる。

「……嘘みたい。信じられない」

ラルが出ていった部屋の中で、私は壊れそうなくらいに高鳴っている鼓動を抑えようと胸に手を当て、ラルの言葉を頭の中で何度も何度も繰り返した。

「私、熱のせいでおかしな夢を見ているわけじゃないわよね……？」

「ゆめじゃないとおもうよ」

ラディがそう言ってくれたけど。本当に、夢かと思ってしまうくらい、実感が湧かない。

だって私は今までラルへの気持ちを一生懸命抑え込んできたのだから。

ラルと兄妹としてではなく想い合えて、結婚できるという未来に、戸惑ってしまう。

けれど、これは現実。ラルの言葉が、あの瞳が、あの温もりが、嘘だとは思えない。

でも、ラルが今までもずっと私を一人の女性として愛してくれていたのなら、これまでのことを思うとやっぱり胸が締めつけられる。

私とポール様が婚約したとき、ラルはどう思っていたのだろうか。

もし私だったら、とても辛い。

けれどラルは、私の前ではいつも笑ってくれていた。よき兄であろうとしてくれていた。

「……ラル」

「エレアだいじょうぶ？　かおがあかいね。ねつがあがってきたのかな」

ラディは私を見上げてそう言うと、ぴょんっとベッドから降りてとことこと部屋の中を歩いていった。

「いまみずをもってきてあげるね」

「あ……大丈夫よ、自分でできるから！」

そしてローテーブルに登ると両手で抱きしめるように水差しを持って、ゆっくり降りようとする。

「危ないわ、ラディ」

「だいじょうぶ」

そう言いながら慎重に足を床に伸ばすラディだけど、私が慌ててベッドから降りたのと同時に、ばしゃんという水音が響いた。

「あっ……おちちゃった」

「……そのまま動かないで」

「うん」

水差しを持ったまま床に落ちたラディの身体は、濡れてしまった。

けれどその場でゆっくり立ち上がると、濡れている足でぼったぼったと私のほうに歩み寄ってくる。

……もう、ラディったら。

「エレアにおみずをあげたかったのに、カーペットがぜんぶのんじゃった」

「……うふふ、そうね。新しいのをもらうわ」

「うん、ごめんね」

タオルを取り出して濡れてしまった床を拭こうと近づいた私の腕に、すり寄るように手を伸ばすラディ。

手も濡れてしまっているようで、冷たさが伝わってくる。

もう一度「ごめんね？」と言いながら私の腕にしがみついて甘えてくるラディを抱き上げ、「大丈夫よ」と言って頭を撫でてあげる。

「エレア、ぅでがぬれてるよ」

「そうね……後で着替えるわ」

「うん、そうしたほうがいいよ。……あれ？　ぼくもぬれちゃった」

「…………」

＊

「エレア、気分はどう？」

「おかげでだいぶいいわ」

昨日、ラルがわざわざ王宮の優秀な薬師に風邪薬の調合を依頼してくれた。それを飲んだおかげで熱は下がり、具合はかなりよくなった。

「よかった。本当はもう少し看病してあげたかったんだけど、エレアが苦しい思いをするのはかわいそうだからね」

ベッドで身体を起こして座っている私に、ラルはいつもの笑顔でそう言った。

想いが通じ合った後だから、ちょっとドキドキするけれど、ラルがいつも通りに接してくれてほっとする。

「あとで一緒に父上のところに行こう。父上も母上もとても喜んでくれていたよ」

「ええ、そうね。ありがとう」

ラルと気持ちを確かめ合ったから、あとは私が別の家の養女となり、婚約の手続きをすれば無事ラルの婚約者になれる。

一晩明けて、少しずつ実感が湧いてきた。

私は、ラルと結婚できる。ラルは、私のことが好き。

「……ふふっ」

「ん？　どうしたの、エレア」

「ううん――本当にありがとう、ラル」

◆フランカ王女の企み

それから数日後。風邪が治った私は、王宮で開かれるお茶会に招待されていた。

私にお茶会の招待状をくれたのは、フランカ王女。

そう、私がずっと、ラルと婚約するのではないかと思っていた、あの王女様。

王女と親しいわけでもなく、一度もお茶会に招待されたことのない私に突然招待状が届いたことに、戸惑いを隠せない。

それに、腕の怪我が治ったラルは仕事。

仕事じゃないとしても招待されているのは私だけだから、ラルは一緒に行けなかっただろうけど。

ともかく、私は今とても心細い。

でも王女様からの招待をお断りできるはずもなく、こうして一人、おしゃれをして馬車に揺られながら王宮へ向かっている。


「――本日はご招待いただき、誠にありがとうございます」

王宮内にある中庭に設置されたガゼボに通された私は、落ち着かない鼓動を抑えながら静かに王女様を待っていた。

私が着いて間もなく、侍女と一緒に現れたフランカ様は今日も銀色に輝くサラサラの長い髪をなびかせ、キラキラ輝くようなオーラを放っていた。

「どうぞ座って」

「はい」

立ち上がって頭を下げた私は、フランカ様の許可を得て再び椅子に腰を下ろす。

……それにしても、本当に綺麗な王女様だわ……。

私より一つ年下だけど、とてもそうは見えない。

大人びていて、なにを考えているのか読めない芯のある表情に、お顔も小さくて、肌が白い。更にまつげが長くて、目が大きくて、艶のある小さな唇が可愛らしくて……。

「あなた、ラルフレットと婚約するそうね」

「え……っ！」

そんなフランカ様にみとれてしまっていた私は、突然ラルとのことを聞かれて弾かれたように声を出した。

いつの間にか、お茶を用意してくれた侍女は少し離れたところに下がっている。

それにしても、いきなりそんなことを聞いてくるなんて。やっぱりフランカ様はラルのことが好きだったのかしら。

それに、もうそのことを知っているなんて……。

まだ私の養子縁組も決まっていないのに……。

一体どこから聞いたのだろう。まさかラルが？　いや、ラルが正式に決まっていないことを言いふらすとは思えない。

それに、フランカ様は私一人を呼び出して、どういうつもりかしら。やっぱりラルとの婚約を結ばせたくないとか……？

「私もそろそろ婚約者を決めなければならないの」

「はい……」

それはそうでしょうね。フランカ様はもうすぐ十七歳になるのだから。王女であることを考えたら、まだ婚約者が決まっていないのは遅いくらいだわ。

「でも……私にはずっと好きだった人がいるの」

「はぁ……」

先ほどから淡々とした口調で語っていたフランカ様だけど、その言葉を口にすると、ひっそりと声量を落として少し顔を寄せてきた。

私も自然と顔を寄せ、息を吞む。

きっとこの話は誰にも聞かれたくないのね。それで侍女を離れた場所に控えさせたんだと思う。

でも、聞かれると困る相手だということは……やっぱり、ラルなの……？

「ああ、先に言っておくけど、ラルフレットじゃないわよ」

「えっ？　は、はい……！」

不安が顔に出てしまっていたのかしら。早々に否定してくれたフランカ様に、ほっと胸を撫で下ろす。

「相手は隣国の次期侯爵なんだけど……父が他国に嫁ぐことを許してくれないの」

改めて、声を抑えてそう囁いたフランカ様。

なるほど……。相手は隣国の貴族なのね。

国王がフランカ様のことをとても可愛がっていることは、私でも知っている。

だから未だに婚約者が決まっていないのは納得できる。

でもまさか、フランカ様が隣国の貴族に恋をしてしまったとは……、国王としてはとても複雑な気分なのだろうなと、想像できる。

「それで、あなたに頼みたいんだけど」

「なんでしょうか」

そこで、フランカ様がまっすぐに私を見つめた。

その大きくて美しい青い瞳に、なんとなく緊張感を覚える。

「彼と駆け落ちするから、協力して欲しいの」

ひっそりと、だけどはっきりと。

フランカ様の可愛らしい唇から発せられた言葉を聞いて、私は息を詰まらせた。

「………………え？」

私の耳に顔を寄せるようにしてこっそりと囁かれた言葉に、衝撃を受ける。

「……今、なんとおっしゃいましたか？」

「もちろん本当に駆け落ちするわけじゃないわ。ただ、お父様に私の本気を見せたいのよ」

「はあ……」

覚悟を決めたような、毅然とした態度で話を続けるフランカ様に、なんと言葉をお返しすればいいかもわからなくなる。

びっくりしたけど、本気で駆け落ちするわけではないのね……よかった。

それでも真剣な表情のフランカ様を見て、この方が〝駆け落ちもどき〟を本気で企んでいるのだろうということは感じ取れた。

「だから、お父様に手紙を書いてお城を出るから、あなたのところでかくまって欲しいのよ」

「それは……」

なるほど。そういうことか。それなら王女様の身は安全でしょうけど。

そんなことに手を貸すなんて、さすがに王女様の頼みとはいえ、難しいお願いだ。

「うちにも警備の者はおりますし、フランカ様だと気づかれないようにいらっしゃるのは難しいかと……さすがにみんなに黙っていてもらうというのも……」

「大丈夫！　私に考えがあるから、そこは安心して！」

「……ですが」

「お願いよ！　絶対にあなたやキルステン家に迷惑はかけないから！」

「そう言われましても……」

既に、私は困っているんですけどね？

声を抑えつつも強く訴えてくるフランカ様にそう思いながら、最初に浮かんだ疑問を口にしてみる。

「どうして私に頼むのですか？」

「……本当は言いたくなかったんだけど」

「？」

すると、簡単に「うん」と言わない私に、フランカ様は眉をつり上げて言った。

「もし彼と結婚できないのなら、私はラルフレットと結婚するわよ」

「え……っ!?」

そして、私の質問の答えとは微妙にずれた返答をされて、つい大きな声を出してしまった。

はっとして侍女のほうへ目を向けるけど……大丈夫、こっちは見ていないわね。

「王女(私)の力があれば、あなたとラルフレットの婚約が結ばれないようにする方法なんて、いくらでもあるんだから。お父様も、友人の息子との結婚なら大いに賛成でしょうし。それは嫌でしょう？　だから協力して！」

「フランカ様……」

脅しに近いことを言う王女様に、私の頬は引きつってしまう。

大人しそうに見えて……なかなかお強い王女様だと思う。

「お願い！　彼はこの国に留学していて、この間まで同じ学園で一緒に学んでいたの。私は彼以外の男性とは一緒になりたくない！　あなたにならこの気持ちがわかるでしょう？」

「……」

王女のまっすぐな瞳が私に訴えてくる。

確かに、私にはその気持ちがなんとなくわかる。

フランカ様に心から好きな人がいるのなら、応援したいとも思う。

「それにね、お父様は私を他国へやりたくないだけで、彼は立派な人なのよ。王女（私）の結婚相手として決して相応しくない人じゃないの。あなたは私に脅されて、無理やり付き合わされるだけだから。ねぇ、いいでしょう？」

普段は口数の少ないフランカ様が、これほど必死になるなんて。

これはもう、言うことを聞く以外に選択肢はなさそうだわ。

でも、本当にキルステン家の迷惑にならないかしら？

「……わかりました」

「ありがとう！　あなたならきっとわかってくれると思っていたの。あなたのこともキルステン家のことも全力で守るから。それに、お父様とキルステン侯爵は友人同士だから、きっと大丈夫よ！」

「だといいのですが……」

私だけならまだしも、キルステン家に迷惑はかけたくない。

だけど王女様がこれだけ言ってくれているのだから、信じようと思う。

「それで、どうするのですか？」

「私は一度部屋に戻って侍女の目を盗んで抜け出すから、あなたは馬車で待ってて。友達が来るとかなんとか言って」

「はぁ……」

どうやらすべて計画済みらしい。というか、今日決行ですか。

突然すぎる……と頭を抱えたけれど、フランカ様は「それじゃあ、頼んだわよ」と言って侍女を呼びつけてしまった。

まだ詳しいことは聞いていないというのに……。

「今日は楽しかったわ。またいらしてね」

「はい……」

フランカ様はすぐにいつものような冷めた表情で一言そう言うと、侍女と一緒に戻っていった。

私の口からは気の抜けた返事しか出てこなかった。

それからフランカ様に言われた通り侯爵家の馬車で待っていると、王女は本当にやってきた。目立ってしまう銀色の髪はよくあるような茶髪のウィッグで隠し、眼鏡をかけて変装している。

先ほどとは違う服に着替えているし、これではフランカ王女だとはわからない。

彼女の本気度を改めて理解して、私は重たい気持ちを抱えながら、変装したフランカ様とともにキルステン侯爵家に帰った。

「はぁ……なんとか気づかれずにここまで来られた……」

侍女のメアリには、友人と二人きりで話をしたいからと伝え、私の部屋には誰も入れないようお願いした。

「ありがとう。あなたには本当に感謝するわ。この作戦が無事成功したら、なにかお礼をさせてちょうだい」

ウィッグと眼鏡を外してホッとした様子のフランカ様にはソファで休んでもらい、紅茶を淹(い)

れる。

「エレアおかえり。おともだち？」

「ただいま、ラディ。ええ……、そうよ。お友達の、フランカ様」

ベッドの上で寝ていたラディが、私たちの声で目を覚まして身体を起こす。

「ぼくはラディ。よろしくねフランカさま」

「く……、くまのぬいぐるみがしゃべった……!?」

ベッドまでラディを迎えに行って抱き上げる私を見ながら、フランカ様はとても驚いたように目を見開く。

「はい、ラディは生きているのです。とてもいい子ですので、仲良くしてくださいね」

「そ、そう……生きてるの。……すごいわね」

私の腕の中で、フランカ様にふわふわの手を差し出すラディ。フランカ様はラディの小さな手を遠慮気味に握ると、「可愛いわね」と呟いた。

「私の部屋の中は自由に使っていただいて構いませんが、部屋の外には出ないほうがいいと思います」

フランカ様の向かいのソファにラディと並んで座り、話を戻す。

「そうね。あなたの部屋ってなんでも揃っているようだし……きっと不自由しないわね」

確かに、ラルやお父様のおかげで、この部屋にはシャワールームやお手洗いから、退屈しのぎの本まで、なんでも揃っている。

食事もなにか理由をつけて部屋まで運んでもらえば、何日でも問題なく暮らせてしまうと思う。

そういうわけでその日の夕食は、「部屋でゆっくり勉強したいから部屋まで運んで欲しいの。それから、とってもお腹が空いているから、いつもの倍の量でお願いしたいのだけど」と、言ってみた。

私が精霊使いになるための勉強に励んでいることを知っているメアリは、なにも疑うことなく頷いてくれた。

ちなみに王女が変装していた私の友人は、メアリがいない間に帰ったことになっている。

フランカ様には私のベッドに隠れてもらい、二人分の食事を部屋まで運んでもらった。

一人で食べると思われているから、当然食器は一つずつ。なので私の部屋に置いてあったお皿に、自分とラディの分を取り分けた。

ラディは食べなくても大丈夫なんだけど、目の前で私が食べていると欲しがる。食べなくてもいいわりには、結構食いしん坊。

「――陛下は今頃、大慌てなんじゃないですか？」

「そうだといいけど」

王女様と二人でこんなふうに食事する日が来るなんて思わなかった。手紙を書いてきたと言っていたけれど、どんな内容を綴ったのかしら。

まさかこれって、王女を誘拐したことにはならないわよね？

それに、結婚を認めてくれないから駆け落ちすると書いてきたなら、相手の家も心配だわ。

「あなたたちは、いつから想い合っていたの？」

「え――？」

食事をとっていたフランカ様が、ふと口を開いた。

「五年間、兄妹として過ごしていたのよね？　もしかして、ずっと恋心を抱きながら一緒に暮らしていたの？　それとも、好きになったのは最近？」

フランカ様は、いつもどこか冷めている印象のある人だった。

だから、こんなことをしてまで一緒になりたいと思う相手がいるのも意外だし、今私にそんな質問をしてきたのも意外。

「……五年……いえ、彼に出会った七年前から、好きでした」

そして私も、この想いをラル以外の人に初めて打ち明ける。もちろん、友人にもメアリにも話したことがないのだから。

「そう……そんなに昔から。それじゃあ、あなたに婚約者ができたときはどう思った？　すぐに受け入れられたの？　他に想っている人がいるのに」

「ああ、こんやくしゃ。こんやくしゃがあらわれたときは、ぼくもかなしかったな。だってエレアはいつかこんやくしゃとけっこんして、このいえをでていくっていうんだから」

ラディはポール様の名前を〝婚約者〟だと思っている。

「でもエレアはラルとけっこんすることになったから、ずっとここにいられるんだよ。もちろんぼくもね」

「そうなのね。ラディも嬉しい？」

「うん、うれしい」

だいぶラディに慣れたようで、フランカ様は口を挟んだラディに優しく問いかけた。

「……受け入れるしかないと思っていたので。兄妹になった日から、わかっていましたから。ラルとは結婚できないと」

そう、私だって本当は好きでもない人と婚約するのは嫌だった。辛かった。苦しかった。

でも、ラルへの気持ちには気づかないようにしていた。お父様が決めた相手と結婚するのだと、ずっと自分に言い聞かせてきたのだから。

「わかるわ。でも……、出会ってしまったら……どうしても一緒になりたい人と出会ってしまったら……それはとても難しいことだわ」

「……そうですね」

「ぼくとエレアはずっといっしょだよ」

「ふふ、そうね」

得意げにそう言ったラディの頭を撫でて、小さく微笑む。

フランカ様だって当然、私よりもっと幼い頃から政略結婚を覚悟して生きてきたと思う。

もしかしたら、彼女から出ている冷めたような雰囲気は、そのせいなのかもしれない。

でも本当は、こんなに熱い方なのね。

「私は、結婚しようと言ってくれたラルにとても感謝しています。彼にとってもきっと勇気のいることだったはずですし、私一人ではそんな選択、思いつきもしなかったです」

それでも、ラルは迷いなく伝えてくれた。不安を抱える私に、まっすぐに想いを伝えて、安心させてくれた。

それを考えると、ラルとフランカ様は少し似ているところがあるのかもしれない。

だから私は彼女を応援したいと思ったし、お相手の方がどんな気持ちでいるかも、わかるような気がする。

「……そう。そうよ。ラルフレットは正しいわ。そしてキルステン侯爵も二人のことを認めてくれたのでしょう？　……私だって、上に姉が一人と兄が二人もいるし、私一人くらい他国へ行ってもなんにも問題ないのよ！　それどころか、むしろ他国とのいい縁になるかもしれない……いえ、必ずなってみせるわ！」

熱くなってそう語るフランカ様は、やっぱりいつもの冷めた王女様のイメージとは違う。けれど私は、今のフランカ様のほうがずっと好きだと思った。

「ええ、そうですね。こうなったらとことん応援しますよ、フランカ様」

「ぼくもおうえんしてるよ」

「頼りにしているわよ、エレア、ラディ」

ふふっと笑い合って、互いのぶどうジュースを高く掲げ合った。


『――エレア、少しいいかな？』

食事を下げてもらい、新しくお茶を淹れて部屋でくつろいでいたときだった。

扉をノックする音とともに、ラルの声が聞こえた。

……しまった。仕事から帰ったラルを出迎えることもせず、夕食を一緒にとらなかった。

ラルが私の様子を見に来ることなんて、予想できたのに――。

「フランカ様、隠れてください!!」

私のほうから行けばよかったと後悔しつつも、急いでフランカ様にはベッドに隠れてもらい、ラルを迎える。

「ラル、ごめんなさい。勉強に集中していて」

「そうだったのか」

案の定、ラルはとても心配そうに眉根を寄せて私の顔色を窺ってきた。

「大丈夫？」

「ええ、大丈夫。この通りよ」

ラルに心配をかけてしまったことは本当に心苦しくて、いつも以上に笑顔を浮かべて見せると、ラルはかえって不思議そうに少し目を見開いた。

「……だが、一緒に食事もとらずに勉強なんて、少し根を詰めすぎなんじゃないか？」

「そうかもしれないわね。今日はもうやめて、休むことにするわ」

ラルは本当に優しい人だわ。でもごめんなさい、勉強なんて、本当は嘘なの。

ラルの純粋な気持ちを裏切っているようで、心が痛い。

ラルには、フランカ様のことを話してもいいような気がする。でも、私の独断では決められないから、後でフランカ様の許可を得よう。

「その前に、食後のお茶に少しだけ付き合ってもいいかな？」

テーブルの上の紅茶を見て、ラルが嬉しそうに笑った。

ああ、そうか。カップを二つ用意したから……ラルの分だと思うわよね、普通。

「嬉しいな。もしかしてエレアも僕を呼びに来ようと思ってた？　それとも、そろそろ僕が来る頃だと思っていたのかな」

「これはフラ――」

「ええ、そうね！　そうなの！」

私たちの会話を聞いていたラディが、危うくフランカ様の名前を出しそうになった。私は慌てテラディの声に自分の声を被せるように大きな声を出した。

それに、ラルにそんなに嬉しそうな顔をされたら、否定なんてできるわけがない。

でもベッドの中には王女様がいる。

いつまでもあのまま放置しておくわけにはいかない。

「あっ！　そうだわ、どうしてもすぐにやってしまいたいところがあったんだ……ごめんなさい、ラル。やっぱりお茶はまた今度でもいいかしら？」

だから、ラルに嘘をつくのは辛いけど、今はそう言ってラルに帰ってもらおうとしたのだけど……。

「本当に熱心だね。それじゃあ僕が教えてあげるよ。一緒にお茶を飲みながら勉強しよう」

「ええと……一人でもできるから、大丈夫よ」

「……」

今のは不自然だったかしら？　これではラルを邪魔だと言っているみたいに聞こえる？

「……わかった。本当のことを言おうか」

「え？」

不思議そうに私を見つめたラルが、ふっと短く息を吐いて言った言葉に、ドキリと胸が鳴る。

「僕がエレアと一緒にいたいんだ。少しでいいんだけど……僕は邪魔かな？」

まさかフランカ様のことがばれたのかと思ったけれど、どうやら違うみたい。

「邪魔じゃないわ……！　邪魔なわけないじゃない！」

悲しげに目を細めたラルを見て、私の胸はぎゅっと締めつけられる。

「本当？　それじゃあ、一緒にお茶をしてもいい？」

「……じゃあ、一杯だけ」

いいですよね？　それくらい。

そう思いながら、ちらりとベッドに目を向けつつ、ソファに座る。

フランカ様は大人しくしているようで、布団はピクリとも動かない。

「今日はエレアと夕食がとれなかっただろう？　一緒に食事ができないだけで、こんなに寂しく思うなんて、自分でも驚いたよ」

「……ごめんなさい」

「ぼくはエレアといっしょにたべたよ」

「いいんだ。でも本当は、もっとずっと一緒にいられたら嬉しい」

「ラル……」

「ぼくもずっといっしょにいたい」

私の隣に座ったラルを見上げる。彼の手が私の髪を一束摑むと、愛おしそうに口づける。

「……エレア」

……なんだか、とても甘い空気が流れているような気がする。

ラディが私の隣でこっちを見上げているけれど、ラルは気にしていないみたい。

………ん？　待って、この雰囲気って、もしかして……！

「……──あ」

今はちょっと、待って……!!

とても甘く、真剣な瞳で見つめてくるラルとの距離が、どんどん縮まっていく。

これはきっと、キスしようとしているのだと思う。経験がない私にも、それくらいはわかる。

でもごめんなさい、今はさすがに、間が悪い……！

だって、フランカ様が全部聞いているのだから。

「ちょっと待って、ラル……！」

だからそんなラルを制止するように、私は彼の胸に手を置いてしまった。

「……エレア？」

「あ……、えっと、その……勉強、わからないところがあったから、聞いてもいい？」

「……ああ、いいけど」

「ありがとう！」

甘い雰囲気をぶち壊すような明るい声でお礼を言って、すっくと立ち上がる。

ラル、ごめんなさい……!!

フランカ様の許可を得たら、必ずちゃんと説明するから……!!

くるりと彼に背中を向けて、心の中で目一杯彼に謝罪する。

そうしながら机のほうに足を踏み出したときだった。

「……っ」

手を引かれたと思ったら、後ろからラルにぎゅっと抱きしめられた。

「エレア、好きだよ」

ああ……私はきっと、ラルに寂しい思いをさせているのね。自分でもわかるもの。素っ気ない態度を取って、ラルを避けているって。

「エレア……」

不安に揺れるラルの声に、私の胸は痛いくらい締めつけられる。

そして、私を抱いている力を緩めた彼にくるりと身体を反転させられると、今度は逃がさないというように頬を両手で包み込まれた。

これはもう、拒めない。拒みたくない……。

そう思いながらそっと目を伏せた私だけど、それからラルが突然なにも言わなくなり、動かなくなったことを不思議に思い彼を見上げた。

「……？」

ラルは私を見ていなかった。顔を横に向けていて、驚いたような声を上げた。

「――え？」

どうしたのだろうと、ラルの視線の先を追うようにベッドのほうへ顔を向けた私は、心臓が止まりそうになった。

「あっ……！」

そこには、布団から顔を出してじっとこちらを見つめているフランカ様の姿があったのだから。

「私に構わず、どうぞ続けて」

「フランカ様……！　なぜここに!?」

なんでもないことのようにそう口にしたフランカ様だけど、ラルは慌てて私から手を離し、王女を前に跪いた。

「話せば長いのよ。でも、とりあえず今日はここに泊まるから」

私たちがもうそういう雰囲気ではないということを悟って、つまらなさそうに息を吐くと、フランカ様は布団から出て身体を起こす。

「……」

ラルが説明を求めるように私を見たから、深い溜め息を吐いて、これまでのことを説明した。

「なるほど……そういうことだったのか」

ここまでの経緯を説明すると、ラルは困ったように顔を歪めながらも納得してくれた。ラル

は頭がいいから、理解も早い。

「勝手なことをして本当にごめんなさい……」

それより、まずは謝らないと。ラルに黙って王女を連れてきてしまったこと、それから嘘をついたことも。

「いや、エレアは悪くないよ。王女の頼みだ。断れなくて当然だ」

呑気(のんき)にラディと一緒にベッドの上に転がって、私の本を読んでいる王女様を横目に、ラルは苦笑いを浮かべながら言った。

「ありがとう……」

「うん。しかし、だから陛下の様子がいつもと違ったのか……。フランカ様、いつまでここにいるおつもりですか？」

私ににこりと笑みを向けると、ラルはフランカ様に向き直って息を吐きながら聞いた。

「お父様、ちゃんと困ってた？」

「ええ、もう十分だと思いますよ。送っていきますので、陛下としっかり話されてはいかがですか？」

ラルの提案に、フランカ様は一瞬思案するように天井を仰いだけど、すぐに首を横に振った。

「もう少し困らせてやるわ。大丈夫。私たちの結婚を認める気になったら、連絡するよう手紙に書いてきたから」

そう言って、フランカ様はポケットから通信用の魔道具を取り出して見せた。手のひらに収まる、小型の水晶タイプのもの。

「しかし、相手の男性に迷惑がかかるとは思わないのですか？」

ラルが口にした疑問は、まっとうな意見だと思う。

いくら他国にいるとはいえ、我が国の王がその気になれば、国家間の問題にだってなり得るのだから。

「お父様が私の愛する人にひどいことをするとは思えないわ」

けれど、フランカ様はその質問には即答した。どうやらそれだけは自信を持って言えるらしい。

案外、考えなしでやっているわけでもないのかもしれない。とても計画的だし。

「……そうですか。では、ご自由にどうぞ。明日もこの部屋に朝食を運ばせますので、今夜はごゆっくりお休みください」

「え？」

行こう、と言って私の手を取るラルに、私の口から間の抜けた声が漏れる。

「今夜は王女様と同じベッドで寝るつもりだったのかい？　それとも、まさか自分はソファで？　フランカ様にこの部屋を使ってもらうのは構わないから、エレアは僕のところへおいで」

「え⁉」

当然のように語られた言葉に、私は素直に驚愕の声を上げる。

ど、どうしてそうなるの⁉　これは言わば王女様の我儘なのだし、女同士で一緒のほうが……！

「そうね、そうしてもらえるかしら？　私、人がいると眠れないのよ」

「フランカ様……！」

「まって、エレア。ぼくもいくよ」

「今日は私と寝ましょうよ。私、くまのぬいぐるみがないと寂しくて眠れないの」

「そうなのか。……うん、いいよ」

「ラディ……！」

ラディがベッドの上からとことこと私のほうに向かってきたけど、それをフランカ様が捕まえるように抱き留めた。フランカ様がくまのぬいぐるみなしでは眠れないなんて初耳だけど、ラディは優しいからすぐに頷いてしまった。

せめてラディだけでもいてくれたら……！

そう思ったけれど、フランカ様が意味深に微笑むのを見て、私はもうなにも言えなくなる。

「ほら、フランカ様もああ言っている。行くよ、エレア」

「え、あ……そんな……っ」

少し強引に私の手を引いて部屋を出るラルに、私が抗（あらが）えるはずがない。

「……ラル？」

本当に今夜は同じ部屋で寝るの？

ラルの部屋に着いたけど、改めて口に出して確認する勇気が持てない私は、とりあえず窺うように彼の名前を呼んでみた。

「嬉しいな。今夜はエレアとずっと一緒だ」

「……」

そうしたら、私の言いたいことを察したラルから〝イエス〟の答えが返ってきた。どうやら今夜は本当に同じ部屋で寝るらしい。

……まさか、ベッドも一緒？

「もう嘘なんてつく必要はないから、安心してここにいていいよ」

「それは本当にごめんなさい……」

「事情が事情だし、いいんだ。でも、少し寂しかったかな。エレアに避けられていると思ったから」

そう言いながら、ラルは悲しそうに笑った。

やっぱりそうよね。ごめんね、ラル……。でも私も、本当に胸が痛かったのよ？

「嘘をついたお仕置き、とは言わないけど、傷ついた僕を慰めてくれる？」

「……慰めるって、どうやって？」

「それはエレアが考えてくれると嬉しいんだけどなぁ」

そう言って、ラルは至近距離で私の顔を覗き込んでくるから、答えはもうわかってる。

「……」

「エレア？」

私の頬に手を添えて、先ほどのやり直しを要求してくるラルに、私はそっと目を閉じた。

彼は、先ほどできなかったキスをねだっている。

「…………」

そう覚悟して目を閉じた私だけど、心臓が飛び出しそうなくらいドキドキと高鳴っている。

「――可愛い」

そうしていたら、ちゅっという甘い音を立てて、やわらかいものが頬に触れた。

「……え？」

予想していたところではないことに目を開けてラルを見つめると、彼は嬉しそうに頬を緩める。

「そんなに残念そうな顔をされるとたまらないんだけど……でも今日は、ここで我慢しておくよ」

「……」

「だってエレアと二人きりの部屋で眠るのに、我慢できなくなったら困るから」

「…………‼」

そして爽やかな笑顔とともに紡がれた言葉に、私の顔は一瞬にして熱くなる。

「早くエレアと結婚したいなぁ」

「……ラル」

「あ、今日はエレアがベッドを使って？　僕はソファで寝るから」

ラルは私から離れると、変わらない笑顔でそう言った。

「そんなの、駄目よ……」

「え？　それじゃあ一緒に寝てくれるの？　嬉しいなぁ」

「そ、そうじゃなくて！　私がソファで寝るから！」

なにかを誤解して嬉しそうに笑うラルに、すかさず付け足す。

「それは駄目。それなら僕も一緒にソファで寝るよ？」

「う……」

「僕は一緒にソファでも構わないよ。少し狭いけど、落ちないようにしっかり抱きしめてあげるね？」

「……ベッドで寝るわ」

「そう？　残念」

どこまでも明るくそう言って笑うラルに、ようやく緊張が解けていく。

もしかしたら、私を安心させるために、わざと冗談を言ってくれたのかしら……。

「おやすみ、エレア」

「おやすみなさい……ラル」

ラルはそれ以上なにも言わずに、ソファに横になった。

＊

「エレア、おはよう」

「……ラル？」

翌朝、ラルのやわらかな声で目を覚ますと、目の前に寝間着姿のラルが立っていた。なんだかとても無防備だ。

そして、「寝起きのエレアも可愛い」と呟いたと思ったら、まだ横になっている私の額に口づけを落とした。

「…………っ!!」

そうだ、私たちは昨夜、同じ部屋で眠りについたんだった。

ラルは本当にソファの上で毛布を被って横になったから、気になってなかなか眠れなかった。

朝方やっとうとうとし始めたと思ったら、すぐに朝を迎えてしまったらしい。

「エレアは今のうちに部屋に戻ったほうがいいかもね。メアリが来る前に」

「あっ……そうね、起こしてくれてありがとう」

メアリが私を起こしに来て、そこに王女がいるのがばれたら大騒ぎになる。

寝坊してしまいそうだった私を起こしてくれたラルに感謝しながらベッドから出たら、くいっとラルに手を引かれた。

「本当はもう少し一緒にいたいけど」

「……っ」

朝から、なんて甘い言葉をかけてくるのだろう……。

後ろから抱きしめられて、耳に唇を当てながらしゃべるラルの声が、やけに色っぽく聞こえるのは彼も寝起きだから……？

「……そ、それじゃあ、私はフランカ様を起こしに行くから」

「うん、また後でね」

名残惜しげに身体を離してくれたラルの腕から抜け出た私は、静かにその部屋を出て隣にある自分の部屋へと戻った。

飛び出すのではないかと思うほど心臓がドキドキ鳴っていて、顔も耳もすごく熱い。

この状態でフランカ様にお会いできるかしら……。

そんなことを考えながら、深呼吸を繰り返して気持ちを落ち着けるよう努めた。

食事はラルが上手いこと言ってくれたおかげで、今朝も私の部屋に二人分運ばれた。

「エレア様、急に食欲が出てきたのですね」

「ええ、そうなの」

用意された二人分の朝食が今日もすっかりなくなっていることに驚きながら、メアリは朝の支度を手伝ってくれた。

私がそうしている間、フランカ様にはベッドの中に身を潜めてもらっている。

「ぼくもエレアといっしょにあさごはんをたべたんだ」

「まぁ、それはよかったですね、ラディちゃん」

「うん、きのうはいっしょにねられなくてさみしかったけど」

ラディの言葉に、メアリが小さく「え？」と声を漏らした。

「ああ、そうだわメアリ！　私は今日も勉強に集中したいから、用がない限り誰も部屋に入れないでくれる？」

「……かしこまりました。ですが、あまりご無理なされませんように」

「ええ、ありがとう」

誤魔化すように手を叩いた私に、メアリはそれ以上深く聞いてこなかったけど……。

危なかったわ。あまり長く使用人を部屋に入れておくのは危険ね。ラディが悪気なくフランカ様のことを話してしまうかもしれない。

フランカ様を連れて出かけるのも、お一人で残していくのも、どちらもリスクが高い。なので、今日はフランカ様に一日付き合ってこの部屋で過ごそうと思う。

フランカ様がいつまでここにいるつもりなのかわからないけれど、長引くようならもう少し考えなければならないと思う。

それに、今夜も私はラルの部屋で寝るのだろうか……？　毎日続いたら、寝不足で倒れてしまうかも……。

ソファにゆったり座って昨日の本の続きを読んでいるフランカ様を見つめながらそんなことを考えていたら、思いの外早くその悩みは解消されることになった。


『フランカ、フランカ……！』

フランカ様の魔道具から、突然陛下の声が聞こえた。

「あっ、お父様だわ！」

フランカ様は読んでいた本をローテーブルの上に置いて、通信用の水晶を取り出した。

「はい、お父様」

『おお、フランカ……！　無事だな？　一体どこにいるのだ！』

　フランカ様の手の上に乗った水晶玉から、陛下の切羽詰まったような声が聞こえる。

「言わないわ。手紙にも書いたでしょう？　お父様がジャックとの結婚を認めてくれるまで、私は帰らないから」

　ジャック、というのがフランカ様の想い人の男性なのね。

　フランカ様のはっきりとした口調に、私は緊張感を覚えながら陛下の次の言葉を待つ。

　もし、陛下が怒ってしまったら……。

　そうしたら、国家間の問題になってしまうかもしれない――。

『わかった。私が悪かった。もう一度話を聞こう。どうか帰ってきてくれないか、愛しいフランカ』

　けれど私の心配をよそに、陛下はとても弱々しい声でそう言った。

「私と彼の結婚、認めてくれる？」

『うむ……もう一度その青年を連れてくるといい。前向きに話を聞く』

「前向きに……本当に本当ね？」

『約束する。ただし、相手の話を聞く必要がある。それからでなければ結婚の許可は出せん。わかってくれるな？』

「わかったわ。彼を連れていく」

　頷いたフランカ様に、陛下が安堵の息を吐いたのが聞こえた。

きっと陛下も、本当はすぐに連絡したかったはず。だけど、一晩葛藤していたのでしょうね。あまり寝られなかったであろうことが、声の調子から窺えた。

フランカ様がいなくなって、どれだけ心配されていたのかがよくわかった。

でも、本当によかった。ここからはお相手の方次第というところもあるけれど、フランカ様はジャック様のことを「王女の結婚相手として申し分ない方」だとおっしゃっていたし、陛下が前向きに話を聞いてくれるのだから、上手くいくかもしれない。

「ありがとう、エレア。世話になったわね」

「いいえ、よかったですね」

陛下との通信が終わったので、フランカ様を侯爵家の馬車でお城までお送りするため、私たちは支度を始めた。

もうばれてもいいので、メアリたち侍女を呼んで支度を手伝ってくれるように言うと、彼女たちはフランカ様を見てとても驚いていた。

……まぁ、当然の反応よね。

「フランカ、がんばってね」

「ええ、ありがとう、ラディ！」

部屋を出る前、ラディがフランカ様に向かって小さな両手をぱたぱたと振った。

フランカ様を呼び捨てにしてる……。

二人は一晩で、随分仲良くなったみたい。

馬車が王宮に到着したところで、ちょうど先客がいるのが目に留まった。そしてその男性の後ろ姿を見て、フランカ様が駆け出した。

「ジャック――？」

「フランカ……！」

振り返った背の高い黒髪のその男性は、フランカ様を見て驚いたように目を見開く。

「ジャック、もう着いたの？　お父様に呼ばれたの？」

どうやら彼が、ジャック様らしい。身なりもきちんとしている好青年。

「いや……、なんの話だい？　私は君とのことを陛下にちゃんと認めてもらいたくて、改めてやってきたところだよ」

どうやら、彼はフランカ様の作戦を知らないらしい。

それにしても、自ら陛下に認めてもらおうとやってきたということは、彼の気持ちもやはり本物なのね。きっとフランカ様の作戦を知っていたらお止めしていたのだろうなと、想像する。

さすが、フランカ様があれほど想う方なだけあって、素敵な人だわ。

「そうだったの……。ちょうどお父様が、もう一度あなたと話したいと言ってくれたところなのよ」

「本当かい？」

「ええ、行きましょう」

お会いすること自体久しぶりなのか、フランカ様はとても嬉しそうにジャック様の腕に手を絡めて笑った。

「エレア！　ありがとう！」

そして、最後にくるりと振り返ってそう言ったフランカ様を見送りながら、私は深く頭を下げた。

フランカ様の笑顔は本当に美しかった。

——その後、フランカ様とジャック様の婚約が無事成立したという話を、ラルから聞いた。

フランカ様が言っていた通り、ジャック様は公爵家にも劣らないほど力のある家の生まれで、本人もとても優秀な跡継ぎだった。

陛下は本当に、可愛い末娘を他国に嫁がせるのが寂しかっただけなのだと思う。

けれど、ジャック様と一緒にいるフランカ様のお顔を見たら、それ以上の幸せはないとわかる。陛下だって、愛する娘の幸せを奪うことはできないようだ。

一時はどうなることかと思ったけれど、上手くいってよかった。本当によかった。

「フランカ様と陛下が、エレアに登城するように言っていたよ」

その話を終えると、最後にラルは懐から手紙を取り出した。どうやらフランカ様から、私宛てらしい。

「エレアに礼を言いたいそうだ」

「結局私はなにもしていないけど……」

「いや、フランカ様も陛下も、エレアにとても感謝していたよ。きっと望みを聞かれるだろうから、なにか考えておくといいよ」

一歩間違えば、私は咎められるようなことをしたのではないかと思っていたけれど、フランカ様は私との約束を覚えていてくれたらしい。

ここは素直にお受けしておいたほうがいいかもしれない。

「わかったわ。ありがとう、ラル」

その数日後、指定された日時に私は登城した。

陛下に謁見するのは緊張するけれど、ラルが私に付き添ってくれた。

「エレア・キルステンです」

謁見の間にて、陛下の前で膝を曲げ、最も敬意を示すお辞儀をする。陛下の隣にはフランカ様もいる。

「君たちの父上からいつも話は聞いているよ。此度は娘が本当に迷惑をかけたね」

「いいえ」

顔を上げるよう言われて陛下と視線を合わせると、私の緊張を和らげるように、陛下は優しさを感じさせる笑みを浮かべた。

ここへ向かっている途中、ラルに言われている。

陛下はお父様――キルステン侯爵と旧友だから、そんなにかしこまらなくても大丈夫だと。

確かに、その通りかもしれない。それでも、ラルがこの場に一緒に来てくれていなかったら、私は足が震えて一言も話せなかったかもしれないけれど。

「うちのフランカは我儘で大変だったであろう」

陛下が続けた言葉に、隣に座っていたフランカ様が「お父様、そんなことより！」と怒ったような声を出す。

「ああ、そうだな。ぜひ、君に礼をさせて欲しい。望むものをなんなりと申してみよ」

やはり陛下はフランカ様を溺愛されているようだ。怒られたのにもかかわらず、でれっと表情を緩めて、私にそう問いかけてきた。

ラルに言われていたから、私は既に望みを考えてある。

「――ありがとうございます。それでは、私に精霊使いになるための試験を受けるチャンスをお与えくださいませんでしょうか」

「ほお、精霊使いか。エレアには精霊が見えるのか」

「はい。ずっと精霊使いになることを夢見ておりました。今年の試験はもう終わったのは知っていますが、チャンスをいただければ幸いです」

精霊使いになるための試験は、一年に一度しか行われていない。だから来年まで待たなければならないと思っていたのだけど、もし試験を受けさせていただけて、合格できたらとても嬉しい。

「聞いた話によると、二人はじきに婚約するのだろう？　ラルフレットと結婚するというのに、精霊使いになりたいと？」

「……はい」

さすが、父と今でも仲がいいというだけあって、その話も既に知っているのね。

そういえばフランカ様も知っていたから、陛下が知っているのも当然ね。

陛下は私に問いながら、ラルにも視線を向けた。そしてラルと私が頷くのを確認すると、顎に蓄えている髪の毛と同じ銀色の髭を撫でながら言った。

「ふむ……精霊使いになりたいのなら、試験など免除で採用させよう」

下働きならば、確かに大して実力がなくてもコネなどで精霊使いになることができる。

けれど、私が望んでいるのはそういうことではない。一人前の精霊使いになりたい。

もちろん、そうなるにはまだまだ実力が足りないのは承知しているけれど、これからもっと精進するつもり。

「ありがとうございます。ですが、正式に試験に合格して資格を得たいのです」

だからその意思を伝えると、陛下は髭を撫でていた手を下ろし、うむと頷いた。

「そうか、わかった。ではすぐに手配してやろう。頑張るのだぞ」

「はい！」

再び陛下に深く頭を下げ、顔を上げたとき、ふとラルのほうを向くと、彼と目が合った。

ラルは「よかったね」と言うように、優しく微笑みを浮かべてくれていた。


それから数日後、精霊使いの資格を得るための試験を受けた私は、日頃の練習と勉強の甲斐（かい）あって、無事合格することができた。

ラルも父も精霊使いになることを応援してくれたし、これで私は憧れの精霊使いに一歩近づくことができた。もちろん、これはまだスタートにすぎないことは承知している。

「これから頑張るわ！」

「エレアはこれまでも十分頑張ってきたからね」

王宮魔導師団の精霊使いとして正式な登録手続きを終えた帰り道。仕事が終わったラルと一緒に馬車に揺られながら、私は遅れを取り戻すために頑張らなければと気合いを入れていた。

「でも、僕と婚約するための準備もあるから、エレアは本当に忙しくなるよ？」

「そうね。もちろん、そっちも疎（おろそ）かにしないわ」

「よかった」

忙しいのはラルも一緒だし、次期侯爵夫人としての勉強も欠かすつもりはない。もちろん、婚約に向けての準備にも、積極的に取り組むわ。

それに、今回フランカ様を見ていて思った。

自分の気持ちに正直に、心から好きな人と結ばれる道をまっすぐ突き進むフランカ様はとても美しく、強く、格好よく、素敵だった。キラキラと輝いていた。

ラルも、フランカ様のように私にまっすぐ気持ちを伝えてくれた。

だから私も、二人のように自分の気持ちに素直に生きたい。今では強くそう思える。

「それにしてもフランカ様……、もう少しうちにいて欲しかったなぁ」

そう決心する私の向かいで、ふとラルが呟いた。

「え？」

「そしたらエレアは、その間僕と同じ部屋で寝てくれただろう？」

「えっ⁉」

にこりと可愛く微笑むラルの口から紡がれた言葉は、今の私を熱くさせるには十分すぎた。

「なに言ってるのよ……！　あれは仕方なく……それにラルだってソファで寝たら疲れが取れないし……！」

あの日は視線の先にあるソファで寝ているラルのことが気になって気になって、なかなか眠れなかった。きっとラルだって、ちゃんと休めなかったはず。

「でも結婚したら毎日一緒に寝る予定だけどね？　もちろん、ベッドも一緒だよ」

「………………」

とても楽しそうにそう言ったラルの顔はもう直視できない。きっと私の顔は真っ赤になってしまっている。

「……なんて、冗談だよ。ごめんごめん、困らせてしまったね。嫌ならこれまで通りでいいからね」

そして、ラルは相変わらず私の気持ちを尊重するように、優しくそう言ってくれた。

……ラルは本当に優しい。いつだって私の気持ちを考えてくれる。

「別に、嫌じゃないわ……」

「え？」

独り言のようにそう呟いたら、ラルは驚いたように目を見開いた。

誰がなんと言おうと私はラルのことが大好きだし、こんなに大切にされて、とても幸せ。

◆違う相手と

今夜はフランカ様の婚約披露パーティーが、王宮で開かれる。

一時的にこの国に滞在しているジャック様が帰国する前にと、突如開かれたパーティーだけど、多くの人が集まった。

私はいつものようにラルのエスコートを受けながら、会場となる大広間へ向かった。

ラルは今日もご令嬢たちの熱い視線を集めていて、ところどころから「素敵」という言葉が漏れ聞こえる。

私たちはまだ兄妹だから、婚約する予定だということは内緒。けれど、想いが通じ合って初めてのパーティーだから、とても緊張する。

「いつも通りで大丈夫だよ、エレア」

「ええ、そうよね」

ガチガチになっている私を見て、ラルはくすっと笑いながら優しい言葉をかけてくれた。

今日の主役はフランカ様。私はいつも通り、兄にエスコートされているだけ。そう思えばいいのよね……！

「本当は声を大にして言いたいけどね。エレアは僕と婚約するって」

「ラルったら……」

私だって、本当は早く言いたい。

けれど、私が養女になる家が決まる前にこの噂が広まれば、話がややこしくなるかもしれない。

父やラルに、迷惑はかけたくない。

「まぁ、それもあと少しの辛抱だけどね」

「そうね。兄妹として参加する最後のパーティーかもしれないと思って、楽しむわ」

ラルは今日もいつもと変わらない笑顔で私と接してくれている。

けれど、今まで兄として私をエスコートしてくれていたときとは、なんとなく違う雰囲気を感じる。

「まだ婚約者ではなくても、こうしてエレアの隣にいられるだけで、とても幸せだ」

「……ラル」

私にしか聞こえないよう耳元でそう囁かれて、顔が熱くなる。

ラルは注目を集める人物。私たちが兄妹の距離感ではないことは、勘のいい女性には気づかれてしまうかもしれない。

だって会場に到着してからも、誰も私たちに声をかけてこない。

いつもならラルのファンである貴族令嬢か、キルステン家の娘である私とお近づきになりたい貴族令息が話しかけてくる頃だけど、みんな私たちの様子をちらちらと窺ってくるだけで、近づいてはこない。

……やっぱり、既に怪しまれてる……？

やがて、私たちにフランカ様へご挨拶する順が回ってきた。

ラルとともにフランカ様とジャック様の前まで行き、深く膝を折って頭を下げる。

「――本日は誠におめでとうございます」

フランカ様は今日も、陛下譲りの輝く銀髪と深い青色の瞳が美しい。

「ありがとう、エレア、ラルフレット。こうして今日を迎えられたのも、あなたたちのおかげよ！」

今日のフランカ様はとてもご機嫌。以前は冷たい雰囲気のある王女様だったけど、今は本当に幸せそう。

陛下も今では娘の幸せを笑顔で見守っている。本当によかったわ。

「今度またゆっくりお話ししましょうね！」

「はい、ぜひ」

たくさんの貴族がフランカ様とジャック様にお祝いを伝えようと順番を待っている。

だから私たちも早々にお二人の前を辞して、キルステン家と懇意にしている方々に挨拶をして回った。

「――エレア、大丈夫？　疲れていない？」

「ええ、私は大丈夫よ」

「一通り挨拶も済んだし、今日はもう帰ろうか？」

「そうね」

「ラルフレット様――」

ラルの言葉に頷いた私の後ろから、女性の声が聞こえた。

誰だろうか。ラルのファンかしら。

その程度に考えながら振り返ると、そこには見たことのある黒髪美人の女性が立っていた。

胸元の大きく開いた真っ赤なドレスに、真っ赤な唇。すごくスタイルがよくて、色っぽい。

この人は……確か、フローラさん。

あの日、私の元婚約者であるポール様とベッドの上で抱き合っていた人――。

「こんばんは、エレア様」

「……こんばんは」

私を見てふっと口元に笑みを浮かべながらも、淑女らしくお辞儀をするフローラさん。けれどそのふくよかな胸元には、女の私でも思わず目が行ってしまう。

「なにかご用ですか？」

私の前に出るように一歩彼女に近づいたラルが、少しきつめの口調で問いかけた。

いつも、誰にでも笑顔で優しいラルなのに……少し意外。

「あなたと少しお話ししたいことがあって。……それとも、この場でお話ししたほうがよろしいかしら？」

フローラさんはラルを見ながらそう言ったけど、最後に一瞬だけ私に視線を向けた。

ラルとフローラさんは面識があるのだろうか。

それともまさか、彼女もラルを狙っている女性の一人なの？　でも、ポール様とはどうなったのかしら……。

「……ギド！」

ちょうどそのとき近くを通りかかったギドさんに、ラルが呼びかけた。

今日はギドさんも、フランカ様の婚約披露パーティーにお祝いに来ているみたい。

「おお、ラル。こんばんは、エレアちゃん」

「こんばんは、ギドさん」

「ギド、悪いが少しの間エレアと一緒にいてやってくれないか」

こちらに来てくれたギドさんに、ラルがそうお願いする。

ギドさんにお連れの方はいないらしい。

「……ああ、いいぞ」

それを聞いたギドさんはフローラさんにちらりと目を向けた後、私と目を合わせて微笑んでくれた。私も笑顔でお応えする。

それにしても、こういう場でラルが私から離れるのは珍しい。

ポール様の浮気現場を目撃したあの日は、フランカ様からダンスに誘われてやむを得ないという感じだった。

それに、それであんなことになったから、ラルが私から離れることはもうないのだろうなと、心のどこかで思っていた。

「すまない、すぐ戻る」

「ゆっくりでいいぞ。エレアちゃんは俺が守ってやるから」

「……頼んだぞ」

子供ではないのだから、別に一人でも大丈夫なのに。

ギドさんを私の隣に置いて、ラルは「少しだけ話をしてくるね」と言ってフローラさんと会場を出ていった。

「……」

その背中を、なんだかもやもやする気持ちで見送った。

ラルが自分以外の女性と歩いているところを見るのは、いつぶりだろう。

ラルもポール様のように、どこかの部屋で、ベッドの上でフローラさんに触れたりするの……？

「…………」

ふと、あのとき見た光景を思い出し、私はぶんぶんと頭を横に振った。

ラルがそんなこと、するはずない。

ラルは私と婚約する。好きだと言ってくれている。それなのにポール様と重ねてしまうなんて、私は愚かだわ。

「エレアちゃん」

「あ……すみません」

一人で悶々（もんもん）とそんなことを考えていたら、心配そうにギドさんが声をかけてくれた。

「相変わらず、過保護な兄貴だな」

「ええ……本当に」

ギドさんはラルと仲がいいけれど、まだ私たちが婚約することを知らないみたい。

だから単に、妹と一緒にいてやって欲しいと受け取ったのでしょうから、私がこんな顔をしていては変に思われてしまうわね。

「すみません、こんなことを頼んでしまって……」

「いや、俺も一人だったし、退屈だからそろそろ帰ろうと思っていたところなんだ。エレアちゃんと話ができるなんて、光栄だよ」

ラルが信頼している方なだけあって、ギドさんはとても優しくて素敵な人。

それに、大きくて見た目が少し怖いギドさんが一緒にいてくれているおかげか、ラルがいなくなっても私は誰からも声をかけられていない。

きっとラルの思惑通り。

「先ほどの女性は確か……、君の元婚約者を誘った人だろう？」

「ええ……そうです」

ポール様とのことは噂になっているし、その相手が誰だったのかも、騎士たちの間には知れ渡っているのでしょうね。

ラルもフローラさんのことを知っている様子だったし、ポール様の浮気相手が誰かは当然調べてあるのだと思う。

でも本当に、フローラさんがラルになんの用かしら……。

「君の元婚約者は本当に愚かだね」

「え？」

「君のような魅力的な女性と婚約しておきながら、他の女性の誘いに乗るなんて」

「……そんな」

たぶんギドさんは、形式的に慰めてくれているんだと思う。だから私もしとやかな笑みで返す。これは貴族としての嗜み。

別にポール様のことはもういい。あのときは少しショックだったけれど、婚約が白紙になってよかったと、今では心から思う。

だから本当は少しだけ、フローラさんには感謝している。あのままポール様と上手くいってたらいいんだけど……本当に、ラルになんの用かしら？

「俺だったら絶対あんなことはしない」

「え？」

結局私の思考はすぐにラルのことになってしまう。けれど続いたギドさんの言葉に、私は反射的に彼のほうへ顔を向けた。

「エレアちゃん。もしよかったら、俺と一曲踊ってくれないかな？」

いつになく緊張の色を浮かべているギドさんに、私はその言葉の意味を考えてみる。

夜会では、男女が一対一で踊るもの。

私もラルとはよく踊っている。でも思えば、他の男性とは踊ったことがない。

婚約者がいたら他の男性と踊ってはいけないなんて決まりはないのだけど、いつもラルが一緒にいたから。

「ええ……喜んで」

だから、お断りする理由はない。

私たちの勝手な頼みでギドさんを付き合わせてしまっている。

ギドさんは退屈していたと言っていたし、彼がダンスを望むなら、私は応えるのが礼儀よね？

きっとラルも、怒ったりしないはず。

「ありがとう。では、お手を」

「はい」

ギドさんの大きな手に摑まって、向かい合う。

ギドさんはラルよりもっと、身体が大きい。やっぱり少し怖いくらいだけど、そのルビーのような瞳はとても綺麗で、優しさを含んでいる。

ラルが信用している方だ。

ラルがフローラさんと今頃どんな話をしているのかはやっぱり気になるけれど、今は純粋にダンスに集中しようと、姿勢を正してステップを踏んだ。

◆兄妹ではない存在

エレアと参加した夜会で、そろそろ帰ろうとしていたとき、突然フローラ嬢が僕の前に現れた。

彼女とは以前から顔見知りだ。

エレアが風邪をひいたときも、風邪薬を受け取るために王宮を訪れた際、帰ろうとしていた僕に彼女が声をかけてきたことがあった。

そう、あのときは――。


「――ああ、ラルフレット様。お会いしたかったですわ」

数週間前の王宮内。

馬車の待機場近くで名前を呼ばれて振り返ると、その日も胸元を強調する服を着たフローラ嬢が、嬉しそうに微笑んで立っていた。周りに人はいなかった。

彼女はエレアの元婚約者であるポールと不貞行為に及ぼうとしていたところを、エレアに目撃された女性だ。男爵家の一人娘で、彼女の家は借金を抱えている。

「ねぇ、私上手くやれたでしょう？」

そう言いながら僕のもとへ歩み寄ってきた彼女は、自分の家の借金を返してくれる金持ちをいつも探している。僕もポールも、そんな男の一人なのだろう。

「なにを言ってる。あなたのせいでエレアはとても傷ついたのですよ？」

「そうだけど……そのおかげで<ruby>ポール<rt>あの男</rt></ruby>と妹さんの婚約が解消されたでしょう？」

艶のある声を出しながら、身体を寄せてくるフローラ嬢。

僕にそんな色仕掛けは通用しないということは、いい加減わかっているだろうに。それが既に彼女の癖になってしまっているのだろうか。

「そんなこと、僕は頼んでいませんよ」

「でも望んでいたでしょう？　ポールのことをあれこれ調べて。大切な妹の婚約者に相応しくないという証拠を必死で探しているように見えたけど？　だからわざわざあなたがフランカ王女と踊って、妹さんと離れている間にあの男を誘ってあげたのに」

「では、あれはあなたの計算だったということですか？」

確かに、ポールが浮気をしている証拠は押さえたかった。だが、それを直接エレアに目撃させるよう仕向けたのが、まさか彼女自身だったとは。

「ふふ、そうよ。上手くいったのだから、お礼の一つくらいいただけないかしら？」

甘い声でそう言いながら、熱を孕んだ瞳で見つめられる。

「冗談じゃない。なぜエレアに見せたのですか。それなら僕に見せればよかったでしょう？」

「あなたはずっと妹さんにベッタリで、一人になる隙なんてなかったんだもの。仕方ないでしょう？」

「どちらにせよあんなことをしなくても、いずれ僕が自分で証拠を摑んでいましたよ」

だがそんな視線を乾いた笑顔で受け流すと、彼女は少しつまらなそうに唇を尖らせた後、負けじとにっこり微笑んだ。

「そのわりには随分時間がかかっていたじゃない。ああいう男には、色仕掛けが一番なのよ」

あなたには利かないけどね。と付け足して、クスクスと笑いながら。

彼女は僕の腕に手を触れた。

「それはご苦労様でした。しかし今後二度と、僕とエレアの前には現れないでいただきたい。あなたが部屋を出ていった後、エレアはポールにひどい目に遭わされたのですから」

その腕をすぐに振り払い、貼り付けた笑みを浮かべてそう言い切ると、「では、失礼」とだけ告げて自分の馬車を待たせているほうへ歩みを進めた。

「なによ……！　私はあなたが妹のことを特別に想っているって……わかってるんだからね!!」

僕の背中に向かってそう叫んでくる彼女を無視して、溜め息を一つ。

家の借金のために身を売るようなことをしている彼女を、気の毒だとは思う。しかし、やり方が間違っている。

こんなことを続けていては、いつまで経ってもろくな結婚相手が見つからないだろう。

彼女が初めて僕に声をかけてきたのは、まだエレアが社交界デビューする前だった。

エレアより先に社交の場に参加するようになっていた僕のところにやってきた彼女は、はっきりと口にした。

〝私と結婚してくださいませんか？〟と。

女性のほうから、しかも初対面でいきなりそんなことを言ってきた彼女に思わず笑顔が引きつってしまったのを覚えているが、どうやら彼女の家が相当切羽詰まっているようだったので、話だけは聞いてみた。

結婚することはできないし、無償で援助することもできないが、少しでも力になればと思い、彼女の家が営んでいた小さなりんご農園から、ちょうど翌月に予定していたキルステン家で行うパーティーで出すパイ用に、りんごを大量に仕入れた。

それを食べた貴族たちが、彼女の家のりんごを気に入り、取り引きが増えればいいと思っていたのだが……。現実はそれほど甘くなく、彼女の家の借金が完済されることはなかった。

しかし、それから僕は彼女に執着されるようになってしまった。

最初は、またうちのりんごを買ってくれないかという営業のようなものだったが、そのうちデートに誘われるようになり、こうして僕の職場である王宮にまで足を運んできては、りんごの営業以外のことでも話しかけてくるようになった。

侯爵家の跡継ぎである僕は、よく女性から声をかけられる。

エレア以外には興味がないから、いつも笑顔でそれらをあしらっているのだが、フローラ嬢は何度断ってもめげないのだ。

面倒な女性と関わってしまったと少し後悔したが、だからと言って没落寸前の家の彼女をこれ以上かわいそうな目に遭わせることもできないから、言葉で説き伏せるしかなかった。

だが、まさか頼んでもいないのに勝手にエレアの婚約者を誘い、その現場をエレアに目撃させてしまうなんて……。

僕が感謝するとでも思ったのだろうか。

少し厄介なことになってきたなと思いながらも、これからもエレアから目を離さないようにしなければと、改めて気を引きしめ直したところだったのだが――。

今日、この夜会にフローラ嬢も参加しているとは。

それに、僕とエレアが一緒にいるときに彼女が話しかけてきたのは、初めてだった。

しかもエレアがポールとフローラ嬢の浮気現場を目撃してから、まだそんなに日が経っていない。エレアの心の傷が癒え切っていないかもしれないというのに……。

彼女は一体なにを考えているのだろうか。

「――もう僕たちの前に現れないで欲しいと言ったはずだが」

エレアの前でなにを言い出すかわからないので、僕は仕方なく彼女を連れて会場の外へ出た。

彼女は部屋を借りていると言ったが、それだけは勘弁願いたい。ポールの二の舞は御免だ。

「ええ、でも了承した覚えはないわ」

「……」

庭に出て、人気がないことを確認してからフローラ嬢と向き合ったが、彼女は毅然とした態度を貫いている。

正直、次期キルステン侯爵である僕に対してここまで強気な令嬢は珍しい。というか、他にいない。彼女にはもう後がないのだろう。

「どうか了承して欲しい。僕はあなたに手荒な真似はしたくない」

「まぁ、怖い。嫌だって言ったらなにをされるのかしら。でも私は、あなたにならなにをされてもいいのよ？」

本気で言っているのか、僕がなにもしないと思って言っているのか……。

だが、これ以上エレアを傷つけるようなことがあれば、たとえ女性であっても容赦する気はない。

「僕に執着しても、僕があなたと結婚することはない。僕に構わず、結婚相手を本気で探したほうがいい」

・・・・・・彼女のために、はっきり言ってやる。だが、やはり彼女に僕の言葉は届いていないのか、まったく動じる様子を見せずに真っ赤な紅を塗った唇を開いて笑った。

「では、最後に私に思い出をくださいな。そしたら他の方を探しますわ」

「フローラ嬢……いい加減にしてくれ。あなたは気づいているようだからはっきり言うが、僕はエレアのことが好きだ。もちろん、女性としてという意味だし、僕とエレアはもうじき婚約する」

「……は？」

僕の気持ちには気づいていたようだが、さすがにエレアを養子縁組させてまで結婚するとは思っていなかったのか、気丈なフローラ嬢の顔が歪んだ。

「そんな……まさか……、嘘よ！　だってあなたたちは兄妹だもの！」

「僕たちは血が繋がっていない」

「それでも……」

「エレアを養女に出す。なにか問題あるか？」

「……そこまでして!?」

信じられないというように眉根を寄せ、思い詰めた表情のフローラ嬢だったが、なにかを決心したように鋭い視線を僕に向けると、勢いよく飛びついてきた。

「なにをする……っ!?」

「側妻としてでもいいわ……！　私はあなたのことが本当に好きなの!!　私の身体目当てではなく、助けようとしてくれたのはあなただけだったんだから！」

そう叫びながら、僕の首にがっしりと両腕を絡め、顔を近づけてくるフローラ嬢。

不意のことで身体がぐらつくが、倒れてしまわないように足を踏ん張る。

「わかったから、離れろ」

身体を売りにしているのは自分だろうし、僕はあなたに興味がないからこそ、そうしたのだと理解して欲しい。

すぐに彼女の身体を押し退けようとするが、ご自慢の身体をぴったりと押し付けてきて隙がない。

本当に彼女は貴族の娘なのか……？

窮地に立たされた人間は怖いものがないのか。

「嫌よ。今度は私とあなたが一緒にいるところを妹さんに見てもらいましょう！　そうすればあの純情そうなお嬢ちゃんのことだから――」

呆れてしまうほど強引な彼女に溜め息が出るが、続けられた言葉にピクリと耳が揺れた。

「これ以上エレアを傷つけてみろ」

「え……？」

「僕に近づいたことを後悔することになるぞ」

「……っ」

彼女の肩を強く摑み、自分の身体から強引に引き離す。

そのまま冷たく見下ろすと、ようやく彼女の顔が凍りついた。

僕が今まで彼女をこんなふうに睨みつけたことはない。

「……そこまで、エレア様のことを想っていたの……？」

「僕の想いをやっとわかってくれたか？　あなたも早く相手を探すといい。これ以上自分を傷つけるのはやめろ」

「………………」

俯いた彼女を見て静かに息を吐くと、僕は踵を返して歩き出した。

先日王宮で話したときと違い、それ以上僕に向かってなにか言ってくることはなかった。

それより、早くエレアのところに戻らなければ。

ちょうど通りかかったギドにエレアと一緒にいてくれるよう頼んだが、一番信用できるのはやはり僕自身だ。

ギドとは騎士団の中で一番気が合う。彼は仕事熱心な男で、他の奴らのように恋だの女遊びだのと騒いだりしない。

だから彼にならと、エレアを少しだけ預けた。

だが、会場に戻った僕は、そのことを深く後悔することになる。

「……――」

ホール中央付近で、優雅に踊っているエレアとギド。

二人は見つめ合って、とても楽しそうに踊っているように見えた。

そんな姿を客観的に見て、ざわりと嫌な気持ちが胸に広がっていった。

ギドのリードで揺れるエレアのピンクブロンドの髪と、男らしい身体でしっかりとエレアを支えているギドの真っ赤な髪が、とても似合っているように見えたのだ。

二人は兄妹ではないし、ギドは力ある辺境伯の嫡男。

もしかしたら、父がギドを相手に選んでいた可能性だって十分にあるし、あいつがいい奴であるということは、僕がよく知っている。

『エレア様の今度のお相手って、もしかしてギド様なの？』

『そうだろう。ラルフレット様が任せたってことだし』

『それにしてもよくお似合いね、あの二人――』

二人を見ながらこそこそと話している言葉が聞こえて、僕の心臓を更に抉ったような気がした。

ギドはいい男だが、軽い男ではない。女性とちゃらちゃら遊んでいるのを見たことがないし、聞いたこともない。

僕と一緒に騎士の訓練に真剣に取り組む男だ。だからこそ僕と気が合う。

そういえばギドも、過去に一度だけ女性に興味がある素振りを見せたことはあった。

あれは確か――。

『エレアちゃん、可愛いよな。婚約者が決まらないなら、俺はどうだ？　おまえとも兄弟になれるぞ』

『ふざけるな。冗談でもそういうことを言うな』

『こわっ。おまえの過保護っぷりは本当に異常だよ。誰だったらエレアちゃんの相手として認めるんだ』

『……さぁな』

『さぁなって、おまえなぁ――』

あからさまに不機嫌な態度を取り、その話はすぐに終わらせたから、それ以上は続かなかった。

あのときは冗談のようにああ言っていたが、ギドが女性の話をしたのは、思えばあのときだけだった。

まさか、あれは冗談ではなかったのだろうか――。

それに、エレアがポールと婚約したときも、ギドは他の奴のように「おめでとう」と言わなかった。

僕の心の痛みをわかってくれているのだと、勝手に都合よく解釈していたが、そういうことではなかったのかもしれない。

「……エレア」

僕が会場に戻ってきたことには気づいていないエレアは、僕の前で僕以外の男と手を取り合って踊っている。

その光景が面白くなかった僕は、二人に向かってまっすぐ足を進めた。

なんの障害もなく、今すぐにでもエレアと婚約できる存在（友）を、羨ましく思う。

「ねぇ、エレアちゃん。よかったらこの後少し話さない？」

「え？」

「エレアちゃんと一度ゆっくり話してみたいと思ってたんだ」

曲が終わったというのに、ギドはエレアから手を離さずにそんなことを言っているのが聞こえた。

「……では、ラルが戻ってきたら三人で」

「エレアちゃんと二人で話がしたいんだけど、駄目かな？」

「ギドさん、それはどういう……」

「エレアちゃん。実は俺、君に――」

「エレア」

そんな二人を邪魔するように、彼女の名前を呼ぶ。

「ラル……！　おかえりなさい、早かったのね」

いつまでも僕のエレアの手を握っているギドに、苛立ちを覚える。

ギドもはっとしてようやくエレアから手を離した。

「ギド、ありがとう。それじゃあエレア、帰ろうか」

「まだいいだろう？　せっかくなんだし、三人で少し飲まないか？」

「……そうだな」

ギドには僕が頼んでエレアと一緒にいてもらった手前、仕方なく頷く。

「元気ないな、フローラ嬢となにかあったのか？」

「いや……」

「まさか、フローラ嬢に迫られたのか？　よし、俺が聞いてやろう」

「……」

そう言って給仕人からワインをもらおうとしたギドに、声を上げたのはエレアだった。

「あ！　そうだわ、今日は挨拶が済んだら早く帰るようお父様に言われていたんだったわね。ごめんなさい、私ったらすっかり忘れてました」

「え……？　そうなのかい？」

「はい、せっかくなのにすみません、ギドさん。本日はありがとうございました」

「いいえ。こちらこそ、楽しかったよ。それじゃあ、また今度ゆっくり」

「はい。ラル、行きましょう」

「……ああ」

ギドに向かって丁寧に礼をしたエレアに、僕のほうが呆気に取られた。

「――エレア、父上は早く帰ってこいなんて言っていたかな」

そのまま馬車に乗り込んだ僕は、父がそんなこと言っていなかったと知りながら、隣に座っているエレアにそっと問いかけた。

「ふふ、嘘ついちゃった。ごめんなさい。でもラルが早く帰りたそうだったから」

そして、片目を閉じて人差し指を唇に当てて笑うエレアに、僕の苛立ちは簡単に溶けていった。

「……僕は彼に嫉妬したんだよ」

「……ラル？」

代わりに、エレアに対する愛情が溢れてくる。我慢ならずに抱きしめると、エレアのやわらかい温もりと芳しい香りに、頭がクラクラした。

「僕はエレアを他の男に触れさせたくないんだ」

「……ごめんなさい」

「許さない」

嘘。本当はエレアには怒っていない。きっとギドからダンスに誘われて、断れなかっただけだろうし、僕がギドにエレアと一緒にいるよう頼んだのだから。

だが、僕が怒っていると思って慌てているエレアが可愛すぎるから、もう少しからかうことにした。

エレアの頬を両手で挟んで顔を上げさせ、至近距離で見つめる。

途端に真っ赤になるエレアは本当に可愛い。

世界一可愛いエレア。僕だけのエレア。

他の男に触れさせたくないというのは本音だ。このまま僕だけのものにしたい。

「エレアはギドみたいな男がタイプなの？」

「ち、違うわ……！」

慌てているエレアの手を取り、指の付け根あたりに口づける。

「……ギドのことは、好きじゃない？」

「ええ……、私が好きなのは、ラルだけよ……？」

「本当に？」

わざと音を立てて、唇で撫でるようにエレアの指一本一本に口づけていく。

「……っほ、本当よ……」

くすぐったいのか、びくりと手を震わせるエレアだが、もちろん離してなんかあげない。

伏せていた視線を上げると、僕を見つめていたエレアとぱちりと目が合った。

白い頬を赤く染めて、まっすぐに僕を見ているエレアが愛おしくてたまらない。

この五年間、僕がエレアを大切に守ってきた。僕はエレアのすべてを知りたい。

視線を絡ませたままもう一度音を立ててエレアの指に口づけると、彼女の肩が跳ね上がる。

可愛い。本当に可愛い。もうこのまま、エレアの全身に口づけて、その反応を見てみたいと思ってしまう。

「それじゃあ、その証拠を見せて？」

「……！」

可愛いエレアの反応が見たくて言った言葉に、エレアは期待通り顔をぼっと赤くさせた。

「……証拠？」

「そう、証拠」

本当はそんなものはなくても、エレアを疑ってなどいないのだが。

エレアの瞳を見つめながら、もう一度彼女の指に唇を当てた。

「…………」

だが、困っている様子のエレアに、そろそろからかうのはやめにしてあげようかと思って手を離したとき。

「……――」

なにかを決心したように顔を上げたエレアが、僕をまっすぐ見つめた。そしてすぐ目の前に、エレアの顔が迫る。本当に、すぐそこに。

そう、エレアは僕の頬に、その小さくてやわらかい唇を触れさせた。

「…………伝わった？」

「……」

一瞬だったし、唇ではなく、頬だった。

とはいえ、まさかエレアのほうから口づけてくれるなんて――。

あまりに意外すぎて、情けなくも一瞬言葉を失ってしまった。

「伝わったよ、すごく」

「ラル……っ！」

頬に口づけるくらい、子供でもしているようなことなのに。

自分でも驚くほど、嬉しかった。

だから思わず、エレアの身体を強く抱きしめた。

屋敷にはまだ、着かないでくれ――。

＊

しかし、とても幸せな気持ちで帰ってきた僕は、父からとんでもない言葉を聞くことになる――。

「シュティヒ辺境伯の子息から、エレアに結婚の申し入れがあった。おまえ、聞いていたか？」

「……いいえ」

シュティヒ辺境伯の子息——つまり、それはギドのことだ。

「だろうな……」

パーティーから戻った後、僕だけを自分の部屋に呼んだ父は、頭を抱えるようにしながら深く息を吐き出して続けた。

「もちろん断る。エレアはおまえと結婚させる。だが、相手が相手だからな……簡単にはいくまい」

「はい……」

父とシュティヒ辺境伯は、騎士時代の同期でライバル。特にシュティヒ辺境伯がなにかと父に張り合ってきて、昔は色々あったらしい。

互いに騎士を引退し、今では友好的な関係を築いているし、息子同士の僕たちも上手くやっている。

だから、そんなシュティヒ辺境伯家との関係が崩れるのは避けたいところ。

それはよくわかるのだが……。

「父上、このことはまだエレアには言わないでもらえますか?」

「わかった」

なぜギドは、僕に一言も相談してくれなかったのだろうか。

……いや、違う。なぜ僕はギドの気持ちに気づかなかったんだ。思い当たることは、これまでにもあったというのに――。

◆ラルの友人

今朝から、ラルの様子がおかしい。

昨日、パーティーから帰ってきたときは、ラルはとてもご機嫌だった。

私のほうからラルの頬に口づける……なんて、そんな小さなことでもとても勇気がいったけど、ラルが嬉しそうにしてくれたのを見て、私も幸せな気持ちになった。

それなのに、今朝のラルは元気がなかった。

私が声をかけるといつもの優しい顔で微笑んでくれたけど、それも無理をしているように感じた。仕事にもすぐに行ってしまったし……。

どうしたのかしら……？

ラルのことがとても気になるけれど、私も今日は初めてのお仕事。

いよいよ私も、精霊使いとして王宮魔導師団に配属され、登城した。

騎士団の棟に行ってラルの様子を窺う余裕もなく、あっという間に一日が終わった。

今日は主に各所の紹介や、仕事内容を聞いた。

魔導師団所属の精霊使いはそんなに多くないけれど、みんなとてもいい人ばかりだった。

魔物が出たら、騎士団とともに精霊使いにも討伐要請があるようだけど、私のような見習いはまず、日頃の訓練や練習から始めるらしい。

まだまだ見習いとしてのスタートだけど、国の役に立てるよう頑張らなければ。

「――エレアちゃん」

もう帰ろうとしていた私に声をかけてきたのは、ギドさんだった。

「今日から仕事だったのかい？　お疲れ様」

「はい。ギドさんもお疲れ様です」

「ありがとう。……エレアちゃん、この後少し時間あるだろうか？　お茶でもしない？」

「え、でも……」

「俺も今日はもう上がりだから。エレアちゃんと話したいこともあるし」

そういえば、昨日もギドさんは私になにか話したい様子だった。でも、ラル以外の男性と二人きりでお茶をするのは……。

「それでは、ここでもいいですか？」

「ああ、それじゃあ……あっちのベンチに座ろうか」

「はい」

ギドさんは、よほど私に話したいことがあるみたい。

「エレアちゃんはいつもラルと一緒だからね。なかなかゆっくり話す機会がなかった」

「そうですね」

そういえば、ラルはまだ仕事かしら。

「……手紙は、読んでくれただろうか」

「え……？」

ギドさんと話しながらも、ついラルのことを考えてしまった私に、ギドさんが問いかけてきた。

「手紙とは、なんのことでしょう？」

「ああ……やっぱり、まだか。君の反応がいつもと変わらないから、そうじゃないかと思ったんだ」

「……？」

ギドさんはなんの話をしているのかしら。

「おそらくラルだな。あいつは本当に過保護にもほどがあるというか……俺でも駄目なのか」

「あの、ギドさん。一体なんのことでしょう？」

溜め息を吐きながら一人でぶつぶつとなにかを言っているギドさんに、今度は私が問う。どうやら私だけ知らないことがあるみたい。

「エレアちゃん、俺と結婚して欲しい」

「…………え？」

あまりにも唐突で、ギドさんがなにを言っているのか、一瞬理解できなかった。

けれど、突然がばっと顔を上げて背筋を伸ばしたギドさんは、とても真剣な表情で私を見つめている。

「俺は君のことが好きだ。まだ新しい婚約者は決まっていないよね？　だったら俺と結婚してくれないだろうか」

「……ギドさん？」

ギドさんが、私を好き？

「君ももう大人だ。ラルは俺が相手でも君を渡すのが嫌みたいだが、自分の意思で決めてくれたら、とても嬉しい」

「……」

ギドさんは、本気だ。

真剣な表情の中に、とても緊張している様子が窺える。

「それは……」

だけど、断らなければ。私はラルが好きだし、ラルと婚約すると、もう決めた。

でもそれを今、私の口からギドさんに伝えてもいいのかしら……？

「エレアちゃんも、俺が相手では嫌だろうか？　だが俺は、あの男のように君を傷つけたりはしない。きっと君を幸せにしてみせる。ラルのことも説得する。だから、どうか――」

ラルを説得するのは、たぶん無理だと思う。

最初にそれが頭に浮かんだけれど、言葉にすべきはそれじゃない。

「お願いだ、エレアちゃん」

「あ……っ」

なんと言ってお断りするのがいいだろう。

そう考えていたら、ずいっと距離を詰められ、手を握られた。

「いつもラルが隣にいるから、これまでずっと我慢してきた」

「ギドさん、落ち着いてください……」

「好きだ、エレアちゃん」

相手はシュティヒ辺境伯のご子息で、ラルの友人。無下（むげ）にはできないし、本当に私を想ってくれているのが伝わってくる。でも……。

「エレアちゃん、どうか俺と、俺と……！」

「……っ、私は、ラルのことが好きなので――！」

「…………え？」

ぐっと身を寄せられて焦った私は、思わず叫ぶようにそう言ってしまった。

「……ラルのことが、好き？」

「はい……」

「でも、二人は兄妹だから結婚なんてできないよね……？」

「……」

後先考えずに、言ってしまった。

ああ……どうしましょう……。

私の口から、説明をしてもいいかしら？　ギドさんは気持ちを伝えてくれたし、私も真剣に答えないと。

「あの、実は私たち」

「エレア！」

覚悟を決めて口を開いた、ちょうどそのとき。私を呼ぶラルの声が耳に響いた。

「ラル……」

その姿に、心の底からほっとする。

「ギド、なにをしている」

こちらに駆け寄ってくると、ラルは私の手を握っているギドさんを睨みつけた。

「あ……すまない。それよりラル、父上から話は聞いただろう？　俺はエレアちゃんのことが好きだ。彼女と結婚したいと、真剣に考えている」

ギドさんから引き離すようにラルに腕を摑まれた私は、ベンチから立ち上がる。

「今、彼女にも気持ちを伝えた。俺は本気だ」

ギドさんも立ち上がると真剣な表情をラルに向ける。ピリピリと空気が張り詰める。

そんなギドさんに、ラルは一言、はっきりと告げた。

「エレアは僕と結婚するから、諦めてくれ」

「……は？　結婚するって……なに言ってんだ。……冗談だろ？」

「本気だ」

兄妹である私たちが結婚できるわけないと思っているのか、ギドさんは口元を引きつらせている。

「だが、君たちは兄妹だ……！　まさか、エレアちゃんを養女に出す気か……!?」

「そうだ」

「な……っ、わざわざそこまでするなんて……！」

ラルが即答するのを見て、ようやくこれは冗談で言っているのではないと理解したらしいギドさんが、今度は大きく口を開けて大仰に手をバタバタさせながら叫ぶ。

「なぜだ!?　ポールのときのようにエレアちゃんが傷つかないようにするためか!?　そこまでしなくても、俺がエレアちゃんを幸せにしてみせる！　だから、俺との結婚を許してくれないか!?」

「あの男のことは関係ない」

「しかし、妹と結婚するなんて……、やはりどうかしてるだろ!?」

興奮気味に大きな声を出すギドさんに、私の身体は震えてしまいそう。

けれど私の手を握ってくれているラルは至って冷静に言葉を返していて、その穏やかな温もりに私は安心できた。

「僕とエレアの血が繋がっていないことは知っているだろう？　たった五年、同じ姓を名乗っていただけだ。……まぁ、すぐにまたそうなるが」

「……おまえ、まさか彼女のことが好きなのか？」

ずっと繋がれたままになっている私とラルの手を見て、ギドさんがはっとしたように問う。

「そうだ。僕はずっとエレアのことが好きだった」

「……」

その質問にも即答してみせたラルに、ギドさんは言葉を呑み込んだ。

「……そうか。そうだったのか……。だからおまえは今まで他の女性に興味を示さなかったんだな」

「ああ」

「……それは、今まで辛かっただろうな」

そして私たちの表情を交互に見つめると、ギドさんは口元に小さく笑みを浮かべて言った。

ギドさんの気持ちはとても嬉しかった。でも、それ以上に私はラルのことが好きだし、ラルも私を想ってくれている。

「やっと気持ちが通じ合えたということか……。それは、本当にいいことだ。おめでとう、ラル」

ギドさんはそんな私たちの気持ちを察してくれたらしい。

「僕は今とても幸せだ」

「そうか……うん、それなら俺も祝福するよ」

ふぅ、と息を吐いて顔を上げたギドさんの瞳には、迷いや後悔の色はなかった。

ラルとギドさんの付き合いは学園時代からなので、そこそこ長い。

私への想いは聞いていなかったとしても、これまでのラルを近くで見てきたはず。

やっぱりギドさんは、ラルの一番の友人なのね。

◆安らげる人

それから一週間後、私の養子縁組する先が決まった。

父の話では、ギドさんからの婚約の申し入れも、円満に白紙に戻ったとのことだった。

私が養女として入る家は、父が騎士団長を務めていたときの部下である、ハイン伯爵家。

ハイン伯爵家とキルステン侯爵家はとても懇意にしていて、信頼も厚い。

手続きと挨拶のため、私たちは早速ハイン家を訪れることになった。

「――やぁ、いらっしゃい。お待ちしておりましたよ」

ハイン伯爵とは、私も何度かお会いしたことがある。じっくりお話ししたことはなかったけれど、温厚そうなやわらかい雰囲気の紳士。

ハイン伯爵には私より年上の息子が二人いて、跡継ぎ問題もない。

「エレアちゃん、大きくなったね。こんなに可愛い娘ができるなんて、光栄だよ」

おおらかに笑いながら言ったハイン伯爵に、「そうだろう」と、誇らしげに応えるお父様。

あたたかい笑い声が、室内を包み込んでいた。

「――それでは、手続きはこれでいいな」

「ええ、これを提出したら、次は二人の婚約ですね。忙しくなるでしょうが、すぐに受理されますよ。楽しみだね、エレアちゃん、ラルフレット君」

「お忙しいところ迅速にご対応くださり、ありがとうございます」

ハイン伯爵にお礼を述べるラルに続いて、私も頭を下げる。

「いやいや、君たちの父上には若い頃とても世話になったんだよ。団長の頼みとあらば、これくらい朝飯前だよ」

ハイン伯爵は愉快そうに笑って言った。未だに父のことを団長と呼ぶハイン伯爵に対して、父も楽しそうに笑っている。

「では、書類の記入も終わったことですし、久しぶりにどうですか？」

「お、いいな」

ハイン伯爵が手でグラスを呷る仕草を見せると、父は顎に手を当てて頷く。

それを見たこのお屋敷の使用人が、手際よくテーブルにお酒を用意した。

「僕は遠慮しておきます」

「そうか？」

ラルの前にもグラスが用意されたけど、お酒が注がれる前に彼は右手を上げてそれを断った。

「どうぞ、お二人だけでお楽しみください」

「では、エレアちゃんに屋敷を案内してあげよう」

ハイン伯爵がそう言うと、使用人が案内に立ってくれる。
ラルに差し出された手を取り、私たちはその場を後にした。

ハイン伯爵家を一通り案内してもらうと、最後に私室として用意してくれた立派な部屋に通された。

父たちは盛り上がっているようなので、私たちも少し休むことにする。

書類上はここの娘になるけれど、それは本当にラルと結婚するための一時的なもの。

結婚すればまたすぐにキルステン家の娘になれるし、結婚するまでの数ヶ月も、ここに住まなくていいそう。

それなのにわざわざ私の部屋を用意してくれたハイン伯爵には、本当に感謝しなければ。

もちろん、父とラルにも。

紅茶と焼き菓子を用意してくれた使用人が退室するのを待ち、ラルが口を開く。

「いい家に決まってよかった」

「ええ、本当に。ラルもずっと探してくれていたんでしょう？　ありがとう」

二人きりになった室内で、私もラルに感謝を伝える。

「結局父上の伝手(つて)を頼ることになってしまったけどね」

「さっきのラル、とても立派だったわ。さすが、次期キルステン侯爵様」

ハイン伯爵に挨拶とお礼をしているラルの姿は、本当に惚れ惚れするほど素敵だった。とても頼もしい婚約者だった。

……まだ、正式な婚約者ではないけれど。

「僕だってもう大人だからね。いつまでも出会ったばかりの頃の僕だと思わないで？」

「もちろん、わかっているわよ」

その言葉にくすりと笑って答えると、向かいのソファに座っていたラルが私の隣に移動してきた。

「本当に、わかってる？」

「……ラル？」

私のほうに身体を向けたラルを見上げる。

真剣な表情のラルは、その白い頬を少しだけ赤く染めて私の髪を撫でると、そのまま滑らせるように頬に触れた。

「それに、僕たちはもう兄妹じゃない」

「……まだ、兄妹よ。書類は受理されていないから……」

「明日にでも受理されるよ」

「……まだ、明日じゃないわ」

至近距離で見つめられていて、ラルの手が私の頬を包んでいて。

「……」

「……ラル？」

ラルの視線が少しだけ下ろされた。なんだろうと思ったけれど、彼が見つめているのが私の唇であることにすぐ気がついて、一気に顔が熱くなる。

「……っ」

反射的にぎゅっと唇を結んだら、頬に触れていたラルの指先がふわりと私の耳を撫でたから、今度はびくりと肩が揺れた。

〝兄妹じゃないわね〟なんて認めたら、ラルはこのまま口づけするつもり――？

「……そんなに警戒されたら、ちょっと傷つくかな」

「ごめんなさい――」

頬を支えられているから、顔は逸らせないけれど。代わりにぎゅっと目をつむっていた私に、ラルが「はぁ」と溜め息を吐く。

けれど、悲しげな声を聞いて慌てて目を開くと、その瞬間にちゅっと頬にやわらかなものが押し当てられた。

「今はまだここで我慢しておくけど、そろそろ、覚悟しておいて欲しいな」

「……覚悟？」

って、なんの？　なんて、聞いちゃ駄目よね？

「そう、覚悟。……あれ？　エレア、顔が真っ赤だけど、大丈夫？」

「……だ、大丈夫よ……!!」

私から手を離したラルの代わりに、自分で頬に触れて熱い顔をラルから逸らす。

「そんなに照れられると、困るんだけどね？」

「えっ」

「正式に婚約するのが本当に楽しみだ」

「…………ええ、そうね」

にっこりと、とても嬉しそうに笑うラルの顔は、相変わらずとても優しげ。

だけど、その意味を深く考えてしまうのが少し怖いと感じるのは、どうしてだろう？


その日は、ハイン伯爵家に一泊していくことになった。

ハイン伯爵とお父様は夕食を食べながらもワインをたくさん飲んでいて、既に出来上がっている。

食事が済んだら今度はウイスキーを開け始めた二人を残して、私とラルは先に休ませてもらうことにした。

お風呂に入って、私のために用意してくれていた寝衣に着替えて、ベッドに入る。

ラルは客室を借りているから、もちろん別々の部屋で眠る。

「……おやすみなさい」

誰もいない部屋でそう呟いてしまったのは、いつもの癖。

キルステン家の私の部屋のベッドには、いつもラディがいる。

私はラディにおやすみを言ってから寝るのが習慣になっている。

いつもは隣で眠っているラディが今日はいないせいか、少しだけ寂しさを覚えた。

……ラディも今日は独りぼっちなのね。寂しがっていないかしら。

もうすぐ十八歳になるというのに、いつまでもくまのぬいぐるみをこんなに大事にしている私は、とても子供っぽいということはわかっている。

だけどラディは動くししゃべる。彼は生きている。ただのぬいぐるみじゃない。

ラディは私の宝物で、一番の友達。悲しいときも嬉しいときも、昔からずっと一緒にいてくれた。

ラディだけが私のすべてを知っている。私にとって、特別な存在。

*

翌朝、眠そうな父を連れて、私たちはキルステン家に帰った。

父は馬車の中でいびきをかいて寝ているけれど、一体昨日は何時まで飲んでいたのかしら。

「父上、結局朝方まで飲んでいたみたいだよ」

「そんなに……？」

同じことを考えていたのか、私の考えていることが伝わってしまったのか。

私の隣に座っているラルが、目の前で腕を組みながら寝ている父を見て、小さく笑って呟いた。

きっと、久しぶりに旧友に会えてよほど嬉しかったのでしょうね。

「父上は、僕とエレアの結婚を本当に喜んでくれているんだよ」

「え？」

「五年前、父上がエレアを養女として引き取ったけれど、僕がずっとエレアのことを想っていたと知って、父なりにあのときの判断は間違っていたのかもしれないと考えていたようだよ」

「そうだったの……」

五年前、お父様が私を養女として引き取ってくれたことには心から感謝している。

だから、お父様の判断が間違っていたなんて、私は思わない。もちろん、ラルだってそうだと思う。

「エレアが僕の気持ちに応えてくれて……これからも自分の娘として暮らしていけることに安心したんだと思うよ。ハイン伯爵家との養子縁組も無事決まったしね」

「そうなのね」

言いながら、ラルは私の頭に手を回すと、くいっと引き寄せた。

「ラル……？」

おかげで私は眠っている父の前でラルの肩に頭を預ける形になってしまったけど、ラルは穏やかに微笑むだけ。

……お父様、目を覚まさないわよね？

「エレアは僕が幸せにするよ」

「ありがとう……。私も、ラルのことを幸せにするわ。それに、次期キルステン侯爵夫人としても、立派な女性になる。必ずお父様とお母様を心の底から安心させてみせるわ」

「大丈夫だよ、エレアなら」

ラルの声は私を安心させてくれる。

ラルが「大丈夫」と言ってくれたら、本当に大丈夫な気がしてしまうからすごい。

今、もしお父様が目を開けてしまったらとても恥ずかしいけれど、ラルの温もりがとても心地いい。だからもう少し、このままでいさせて欲しいと思った。

本当に、こんなに幸せでいいのかしら。

この婚約のために尽力してくれた方たちすべてに深く感謝しようと、私は改めて強く思った。

＊

ハイン家との養子縁組は問題なく進み、私は無事、エレア・ハインとなった。

すると、ラルは速やかに、教会に婚約の申し入れを行った。

必要書類を提出して、受理されれば婚約は完了する。

私たちの結婚は、私の十八歳の誕生日——つまり、四ヶ月後に決まった。

「——ああ、楽しみだ。これで僕は正式にエレアの兄ではなく、婚約者だね」

夕食の後、ラルはいつものように私の部屋を訪れて隣に座ると、とても嬉しそうにそう言った。ラディはベッドの上ですやすやと眠っている。

「そうね、なんだかまだ実感が湧かないけど……」

ハイン家での挨拶も、教会での手続きも、こんなに一気に進むとは思っていなかったから、まだ少し気持ちが追い付いていない。

「実感なんてすぐに湧くよ。もちろん、これからは兄としてではなく、婚約者として接するから、そのつもりでいてね？」

「え、ええ……」

婚約者として接するって、具体的にどういうことかしら……？

ポール様とは特に婚約者らしいことをしなかったし、ラルとは元々普通の兄妹より親しい関係だったように思う。

婚約者というのは具体的にどのようなことをするのかよくわからないけれど、とりあえずこれ以上距離感が近くなることがあったら、私の心臓が持たないかもしれない……。

「結婚式のドレスのデザインも、今度一緒に決めようね」

「ええ」

「当日身につける装飾品も、一緒に選ぼう」

「ありがとう」

隣に座っているラルとの距離が近くて、それだけで私はドキドキしてしまう。

ラルは平気な様子でいつも通りの笑顔を浮かべているから、私が変に意識しすぎなのだろうかと思ってしまう。

「……どうしたの、エレア」

だからつい、顔を逸らしてラルとの距離を取るようにソファの端へ移動したけど、顔を覗き込むように身を寄せてきたラルに、すぐに距離を詰められてしまった。

「ううん、なんでもないの……」

しかも、これ以上逃げ場がなくなってしまった。

だからなんとか笑顔を作って、平静を装う。

「そう？　外出が続いて少し疲れているのかな。今日はもう寝ようか」

「ええ、そうするわ」

ラルとこうして一緒にいられるのはとても嬉しいけれど、やっぱりこんなに近い距離で二人きりなのはまだ緊張してしまう。

特に、この間のようにキスしそうな雰囲気になったらどうしようと思うと、余計意識してしまう。

「本当はもっと一緒にいたいけどね」

「………え？」

ラルはもう自分の部屋に戻るだろうと思って気を抜いた瞬間――耳元で静かにそう囁かれて、私の身体は硬直する。

「ラル……？　それってどういう……」

もしかして、一緒に寝たいってこと？

確かに、結婚すれば寝室も一緒になると思うけど……。

でもまだ結婚していないし、そもそもつい先日までラルのことは兄だと思っていた。

いくらずっと好きだった人でも、いきなり気持ちを切り替えられるほど、私は器用じゃない……。

だから、ラルのそんな言葉に色々考えてしまった私の身体は、かぁっと熱くなっていく。

「……僕は純粋にエレアと一緒にいたいだけなんだけど……なにを想像したのかな？」

「え……っ!?」

そしたら、ラルはきょとんとした顔をした後、すぐにふっと息を漏らして笑った。

深い意味なんてなかったの？　やっぱり私一人で意識しすぎなの⁉

「だ、だって……！　もう寝るって言ったのに、もっと一緒にいたいだなんて……。寝室も一緒がいいってことかと思ってしまったじゃない……！」

赤くなっているだろう顔を俯けて、一生懸命この想いを口にする。

するとラルは慌てたように「ごめんごめん」と口にして右手を私の頭に伸ばし、ぎゅっとその胸に抱き寄せた。

「エレアがあまりに可愛いからついからかってしまったけど、本当は僕も一緒の寝室だったらいいのにと思って言った」

「………………」

そう言いながら穏やかに私の頭を撫でているラルの心臓は、その落ち着きのある声とは異なりドキドキと大きく高鳴っていた。

「ラル……」

「僕もエレアのことが大好きだから、一緒にいたらとても緊張する。でも、それ以上に一緒にいたいという気持ちが大きい。もちろん、エレアが嫌なら僕はいつまでだって待てるけど」

ラルの鼓動を聞きながら、同時に自分の鼓動も高鳴っているのがわかる。でも、あんなに余裕そうに見えたのに、ラルも私と同じように緊張していたなんて、少し意外で、ちょっと嬉しい。

「あんなに想っていたエレアと結婚できるんだ。これ以上の幸せはない。本当に、夢のようだよ」

頭の上から、ラルの優しい声が聞こえる。

夢のように幸せなのは、私のほうだわ……。

そう思ったけれど、優しく私の頭を撫でてくれるラルの温もりから、本当にそう思ってくれているのが伝わってきた。

「私のほうが信じられないくらい嬉しいわ」

「いや、僕のほうが嬉しいよ……というか、あんまり可愛いことを言わないでくれる？　父上には内緒で、エレアを僕の部屋に連れ込みたくなってしまうから」

「……ラル」

また、私をからかってる？

まんまとドキドキさせられてしまうけど、そんなことをラルに言われたら、私だって嬉しい。

どの程度本気で言っているのだろうかと、じっと見つめていたら、「ん？」と小さく首を傾げたラルと視線が絡み合った。

ラルの顔にいつものような笑みはなくて、真剣な色を宿した眼差し（まなざし）に、私の身体はまた硬直する。

ラルはたまにとても色っぽい表情をする。

いつもは優しく、癒やされる顔で笑うのに……。

「エレア、好きだよ」

「……っ」

低く、男らしい声で私の名前を呼ぶと、そっと手を引かれて、もう一度その胸に抱きしめられた。

とくん、とくん、と力強く音を立てるラルの心音が、どこか心地いい。

優しく私を抱きしめてそっと背中を撫でるラルから、自然とその愛情が伝わってくる。

ポール様の浮気現場を目撃して、ラルに「結婚しよう」と言われたあの日から、彼の私に対する態度は変わった。

兄ではなく、一人の男性として、私と接するようになった。

それでも、ラルが私の様子を窺いながらスキンシップを取ってくれているのはわかる。

私を安心させるように、そっと抱きしめてくれるラルが大好き。

「エレアは本当に可愛いね」

甘く囁きながら、ラルは私の額にそっと口づけると、その唇をゆっくり下へ滑らせていった。

まぶた、頬、鼻の頭へと優しく口づけていくラルに、私の鼓動はうるさいくらいにドクドクと鳴り続けている。

「……」

きっとこの緊張はラルにも伝わってしまっていると思う。

それを思うと恥ずかしいけれど、額と額を合わせてなにかを訴えるようにじっと私に視線を向けているラルに、正直それどころではない。

ラルは、どこを見ているの……？　私の目……よりも、下。もしかして、唇……？

視線を合わせる勇気がなくて、逃げるように視線を落としてしまっている私に、ラルはなにも言わずにただそうしている。

けれど、そこに無言の圧力のようなものも感じた。

私が少し視線を上げたら、それをゴーサインだと受け取って唇を重ねてくるのでは——？

そう思うと、やっぱり彼と目を合わせられない。私にはまだ、その覚悟ができていない……。

「……寝ようか」

「えっ、ええ……」

しばらく沈黙があたりを包んでいたけれど、諦めたのはラルだった。

最後に私の額に少し長めに口づけると、優しく頭を撫でて身体を離してしまった。

もう先ほどの無言の圧力はなく、いつもの笑顔で優しくそう言ってくれるラルだけど、ふと視線を逸らした顔から、憂（うれ）いのようなものを感じた。

……ラル、もしかして……、いいえ、もしかしなくても、きっと今、キスしたかったのよね……？

強引なことはもちろん、それを言葉にして聞いてもこないラルに、ぎゅっと胸が締めつけられる。

ああ……っ、ごめんなさい……っ!!

私にもっと勇気があれば……あのとき視線を合わせていれば、ラルは唇に口づけてくれていたかもしれない。

けれど、あと少しの勇気が出なかった。

「それじゃあおやすみ」

「――ラル……!」

「……どうかした?」

「あ……ううん、なんでもない」

いっそ強引に奪ってくれたら……なんて、ラルに頼ろうとしている自分に心の中で活を入れ、もう一度彼と向き合おうとしたけれど……そのときタイミング悪く、ラルは立ち上がってしまった。

「そう? それじゃあ、ゆっくり休んでね」

「ええ……」

そのまま扉のほうに歩いていくラルに私はなにも言えずに、ただ背中を見送った。

ラルは本当に優しい。いつも私のことを守ってくれて、大切にしてくれて、気持ちを尊重してくれている。

でも、私だってラルの気持ちに応えたいし、望みを叶えてあげたい。

……ううん、違う。

本当は私自身も、もっとラルと触れ合いたいと望んでいる。

「あれ……？　エレア、ぼくねてたみたい。おかえり」

そのとき、目を覚ましたラディの声がベッドのほうから聞こえた。

「いいのよ、おやすみ、ラディ」

「うん」

その日の夜はラルのことを考えながら、ドキドキと高鳴って落ち着かない鼓動を抑えるように、ラディを抱きしめて眠りについた。

◆女同士の話し合い

「はぁ……、私って意気地がないのね……」

「どうかしましたか？　エレア様」

朝の身支度を手伝ってもらっているとき。昨日のことを思い出した私は思わず心の声を口に出してしまった。それを聞いたメアリは、手を止めずに聞いてくる。

「あ……ごめんなさい、なんでもないの……」

「……なんのことかは存じませんが、ラルフレット様はすべてを受け入れてくださると思いますよ。ですからエレア様は、安心してラルフレット様にすべて委ねて構わないと思います」

「……そうね」

なんのことかわかっているのね？

そう言いたくなるようなメアリの言葉に、私は静かに頷いた。


精霊使いとしての仕事も始まったし、結婚式の準備も始まる。これから忙しくなるけれど、楽しみなことばかりが待っている。

「エレア様、お客様がお見えなのですが……」

「え？　どなた？」

その日の昼食後、休みだった私は魔法の練習をするため庭に出ていた。

すると、メアリが呼びに来た。

「クリール男爵のご令嬢、フローラ様という方なのですが……お約束されていないのでしたら、日を改めていただきましょうか？」

「……いいえ、大丈夫よ。応接室に通してちょうだい」

「かしこまりました」

フローラ嬢……って、もしかして、あのフローラさん？

クリール男爵家に知り合いはいない。それに、フローラという名前で思い当たる人物は一人だけ。

けれど、彼女が一体私になんの用だろう。

もしかして、ポール様のことで用があるのかしら……？

ポール様と結婚したいから、私に伺いを立てに来たとか？　それなら、そんな必要はないわよと伝えてあげなければ。

だけど先日、彼女はラルと話をしていた。なんの話をしたのかは知らないけど、改めて私に会いに来るなんて……。それも、ラルが仕事でいないときに。

一体なんだろうかと頭を悩ませつつも、彼女のいる応接室に向かった。

「――エレア様！　伺いも立てずに突然の訪問、誠に申し訳ありません」

応接室に入ると、フローラさんは私を見てすぐにソファから立ち上がり、深く頭を下げた。

なんとなく、それが意外だった。

彼女を見たのはポール様との浮気現場と、ラルを呼び出したあの二回だけだけど、とても気が強そうなイメージがあったから。

だから、開口一番謝罪を口にし、こんなに深く頭を下げてくるなんて……とても意外。

「いいえ、それは構いませんが、一体どうされたのですか？」

少し圧倒されつつも、ひとまず彼女に座るよう声をかけ、私も向かいのソファに腰を下ろす。

「……寛大なお心、感謝いたします。それから、自己紹介が遅れましたが、私はクリール男爵家の一人娘、フローラでございます。お見知りおきくださいませ」

「エレア……ハインです」

一瞬、キルステンと名乗りそうになってしまった。

けれど私は今、ハイン伯爵家の娘。

フローラさんが私の事情をどこまで知っているのかはわからないけれど、彼女は私の名前を聞いて少しだけ目を見開いた。

お茶を用意してくれた使用人に下がっていいと声をかけ、部屋には私とフローラさんの二人だけになる。

攻撃的には見えないし、きっとそのほうが彼女も話しやすいだろうと判断したから。

「……養子縁組したというのは本当だったのね。では、ラルフレット様と婚約したというのも本当なのでしょうね」

「はい」

二人きりになると、フローラさんの口調が先ほどより少し砕けたものになった。

それでも私は毅然とした態度で答えると、彼女は自嘲するようにふっと笑みを浮かべて真っ赤な紅を塗った唇を開く。

「私、あなたに謝りたいの」

「え？」

「あのときはごめんなさい。ポール（あの男）にはまったく興味なかったんだけど、ラルフレット様のためにと思って」

「ラルのため……？」

長くて美しい黒髪を後ろに払いながら、更に砕けた口調で語るフローラさんだけど、なんというかそのほうが彼女らしい。

嘘や偽りが感じられないからか、不思議と嫌な気がしない。

「ラルフレット様、あの男が他の女性と浮気していることに気づいて、証拠を掴もうとしていたから」

「……えっ」

「あなたとあの男の婚約を白紙に戻したいのだと思って。それならあなたに直接見てもらうのが一番早いと思ったの」

「え……、それじゃあ、もしかしてあなたがわざとポール様を誘ったの？」

「ええ」

……うそ。好きでもない相手に、そんなことできるもの……？

確かに、あのときのフローラさんの口調にはとても余裕を感じたけれど。だからって、どうしてそんなことをしたの？

ラルのためって、どういうこと？

「でも、あなたは本当に危ない目に遭っていたかもしれないのよ？」

そう、私があの場に現れない可能性だってあった。それに、彼女は実際にベッドの上でポール様に触れられていたし、キスだってしていたと思う……。

「それでもラルフレット様が喜んでくださるなら、別にいいと思ったの。でも、彼に怒られてしまったわ。あなたのことを傷つけたら許さないって。だから、それは本当にごめんなさい」

「……そんな」

謝罪の言葉を口にしながら、彼女はもう一度深く頭を下げた。

ラルのためにやって、ラルに怒られたから謝りに来た？

それじゃあ、フローラさんは、ラルのことが好きなの……？

それにしても、好きな男性がいるのにその人のためとはいえ、他の男性を誘うなんて……。

本当に、どうしてそこまでできるのかしら。

「フローラさん、顔を上げてください」

「……許してくれるの？」

座ったまま深く頭を下げていたフローラさんに声をかけると、彼女は窺うような視線を私に向けた。

「許すもなにも、私は最初からあなたにはなにも怒っていないわ」

「……本当に？　でも私は、ラルフレット様のことしか考えてなかったのよ。あなたが傷つくかどうかなんて、どうでもよかったの」

ラルは私のことを思って彼女を咎めたのでしょうけど、ポール様との婚約を白紙に戻すことができて、私はむしろ彼女に感謝している。

しかもそれが、ポール様の浮気現場を目撃させるために、自ら身体を張ったなんて――。

たとえラルのためでも、私に同じことができるかしら？

……きっと私にはそんなことできない。

「ラルが証拠を摑みたがっていたと言っても、そこまでするなんて……あなただって辛かったでしょう？」

「え……？」

「婚約者がいながら他の女性に誘われてついていったあの人が悪いのだから、あなたは謝らないで」

　フローラさんの気持ちを思うと、胸が痛い。

　だってラルのためと言いながら、結果、そのラルは私と婚約してしまったのだから。

　私を傷つけたと謝ってくれているけれど、結果的に彼女はなに一つ得をしていない。

　それに、さすがに好きな人の恋の成就に、自分が一役買う形になるとは思っていなかったのではないかしら……。

「でも、私が誘ったのよ？　次はラルフレット様を同じように誘惑するかもしれないわよ？　っていうか実際、誘ってみたんだけどね。まぁ、全然なびいてくれなかったけど」

　え、誘ったの……？

「正直、それは嫌だけど……。でもラルが他の女性から誘惑されても、ポール様のようについていく人じゃないということはわかっているから」

　以前、フローラさんと二人で話をしに行ったラルに、確かに私は少しだけ焼きもちを焼いてしまった。

　けれど、今ははっきり言い切れる。ラルは私が傷つくようなことは絶対にしない。

「すごく信用しているのね」

「もちろんです」

「……これは敵わないわね」

「え？」

相変わらず美人でスタイルのいい彼女を前に、堂々と姿勢を正してまっすぐ答えると、フローラさんは息を吐きながらそう言葉をこぼした。

「あのエレアちゃんが、まさかこんなにいい子だったなんて。ここは怒っていいところよ？頬の一つや二つ、ひっぱたかれる覚悟で来たのだから。それなのに、私のことを心配するなんて……私には無理」

「私はいい子なんかじゃないわ。それに私だって、好きな人のために自分を犠牲にすることなんて無理よ」

「あら？　あなたもしかしてまだ経験ないの？　可愛いお嬢ちゃんなのね」

わざと挑発的な笑みを浮かべてそう言ったフローラさんの言葉に、少しだけ身体が熱くなった。

でもここは、淑女として冷静に応えなければ。

「それでは、ラルの婚約者として伺いますが、ラルとはどのようなご関係なのですか？」

気を取り直すように咳払いをして、堂々と尋ねる。

昔ラルとお付き合いしていたとかだったらどうしよう……。

彼女の言い方では、きっと色々と経験がおありのようだから、ラルともそういう仲だったなんて、本当は聞きたくない。たとえラルに気持ちがなかったとしても。

「婚約者様の心配するようなことはないから安心して？　ラルフレット様には昔少し助けてもらって、恩があるの。まぁ、私は好きだったけど。でも全然なびいてくれないから、こちらも恩を売ってお礼の一つや二ついただこうと思ったんだけどね」

そんな私の心情などお見通しだというように笑いながら語るフローラさんに、私の頬が赤くなるのを感じる。

「うちは貧乏で借金があるのよ。だからラルフレット様のようなお金持ちと結婚したかったんだけど、彼は無理そうね」

残念だけど、他を当たるわ。

そう付け足してフローラさんはしっかり紅茶を飲み干すと、「ご馳走様」と言って、美しい笑顔を残して帰っていった。

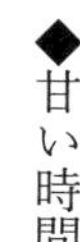

甘い時間

その日の夕食後、仕事から戻ったラルの部屋を、私のほうから訪ねた。

「今紅茶を淹れるね」

「ええ……ありがとう」

ラルは嬉しそうに迎えてくれた。

「嬉しいな。エレアのほうから来てくれるなんて」

手際よく紅茶を用意してテーブルに置くと、ソファに座っていた私の隣に、ラルも当然のように腰を下ろす。

そして、「なにかあった?」と優しく声をかけられて、私は今日あったことをラルに伝えることにした。

「実は今日、フローラさんが訪ねてきて、お話をしたの」

「え……?」

彼女の名前を聞いて、ラルは目を見開いた。

「簡単にだけど、聞いたわ。色々と……」

ラルが過去に彼女を助けたこと。ポール様の浮気の証拠を掴もうとしてくれていたこと。強引な手でそれを私に目撃させた彼女を、咎めたこと……。

「……すまない、心配をかけたね」

「ううん。ラル、大変だったでしょう？」

本当は、私には黙っておきたかったんだと思う。

フローラさんが言わなければ、私は知ることがなかっただろうから。

だけど、私は傷ついてなんかいないわ。

「ラルはいつも一人で抱え込むんだから……」

そんなことよりも、ラルが一人で悩み、苦しんでいることに気がつけなかったことが悔しい。

それはラルがとても上手に隠してくれていたからだということもわかってる。

それがラルの優しさであるということも、わかってる……。

だけど……。

「お願いだから、もう一人で悩んだりしないで。ラルが私を想ってくれているのと同じように、
私もラルのことを想っているのよ？」

こちらからラルの手に自分の両手を重ねて、この気持ちが伝わるよう訴える。

するとラルもぎゅっと眉根を寄せながらも、口元に笑みを浮かべて微笑んでくれた。

「……ねぇ、エレア。キスしていい？」

「え!?」

どうして急にそうなるの⁉　今そういう雰囲気だった⁉

「駄目？」

「……駄目じゃないけど……」

ラルの大きな手に重ねていた私の手は、あっさりと彼の手の中に握りしめられている。

「一人で悩むなと言ったのはエレアだろう？　だから、相談してみたんだけど」

「相談……？」

「だってエレアがそんなに僕のことを想ってくれているのかと思うと、嬉しすぎて」

「……」

言いながら、ぐいぐい距離を縮めてくるラル。

室内が静かすぎて、ラルにも私の鼓動の音が聞こえているのではないかと思うと恥ずかしいけれど、以前メアリも言ってくれたように、ラルは私のすべてを受け入れてくれるような気がする。

それを思うと、勇気が出る。

「……なんて、冗談だよ。驚いた？」

「え……？」

けれど私が頷く前に、ラルはそう呟いて小さく笑った。

「エレアが嫌なことはしないから安心して？」

「嫌じゃないわ……！」

「え？」

「そういうことは、いちいち確認しなくてもいいのよ……？」

「本当……？　ああ、嬉しい……ありがとう、エレア」

とても嬉しそうに笑うと、ラルの手が私の頬に添えられた。

そして、愛しいものを扱うような優しい手つきでそっと上を向かされる。

まっすぐに私を見つめているラルと目が合って、逃げてしまいたくなるほどの恥ずかしさを覚えた。

「エレア、愛してる」

「……――」

けれど、私はもう逃げない。

なにからも、逃げる必要がない。

だから覚悟を決めてそっと目を閉じた直後、唇が塞がれた。

とてもドキドキするけれど、ラルの温もりがあまりにも優しくて、どこか安心できる。

唇が離れると、そのままラルの胸の中にぎゅっと抱きしめられて、私の身体は熱を持つ。

「……可愛い。僕のエレア……大切にするよ。絶対、幸せにしてみせる」

「ありがとう、ラル……。一緒に幸せになりましょうね」

私の髪を撫でるように頭に触れてくるラルをそっと見上げたら、とても色っぽい表情で見つめられた。

「うん。好きだよ、エレア」

そう言って、今度はまぶたに優しく口づけを落とすラル。

黙って身を預けていれば、ゆっくりと探るように顔のあちこちにキスされた。

ぞわぞわと、身体中をなにかが走り抜けていく。あまりに甘くて、とろけてしまいそう。

「ああ、エレア……本当に、どうしようもなく嬉しい……」

「…………」

独り言のように何度も「好き」という言葉を繰り返されて、私の耳はこれ以上ないほど熱くなった。

けれどそんな私に構わず、ラルはもう一度唇を重ねてきた。

心臓はうるさいくらいドキドキいっているけれど、ラルの唇はやわらかくてあたたかくて、心地いい。

頭がぼーっとして、他のことはなにも考えられなくなってしまう。

優しく抱きしめられながら、大好きな人の腕の中でたくさん愛の囁きを聞いて――私は本当に幸せ。

幸せすぎて、明日死ぬのではないかと思ってしまうくらい。

「エレア。一生、僕がそばにいるからね」

「嬉しい……」

何度も何度も愛の言葉を繰り返しながらも、言葉では足りないというみたいに互いの熱を交わし合った。

とろけてしまいそうなほどに甘くて、身体から力が抜けていく。

初めてなのに、随分何度もキスしてくるのね……？

そう思っていたら、だんだん息をするタイミングもわからなくなってきた。

「ねぇ、ラル……、ちょっと待って……？」

「……いやだ」

「！」

そして、ぎゅっとラルの服を握った私に、ラルはにっと口角を上げた。

今、嫌だって言った……!?

そう思った瞬間、ぐっと肩を押されて、私の身体はソファに倒れてしまう。

「え、ちょ……ラル……？」

「いい眺め」

にこりと可愛く笑うラルの頭から、その笑顔とは対照的に悪魔の角が生えているように見える。

そして呼吸を整えることでいっぱいいっぱいの私に顔を寄せると、耳元で小さく「可愛い」と囁かれた。

「……ラ、ラル？」

「可愛くて、食べてしまいたくなるね」

「………え？」

「でも惜しいけど、続きはちゃんと結婚してからにするね？」

「え、えっ……？」

「あれ？　もしかして期待した？」

「そ、そんなこと……っ！」

キスだけでこんなに心臓がドキドキして壊れてしまいそうなのに、ラルはなんてことを言うのかしら……!!

ラルの言葉にかぁっと熱が集まる顔で彼を見上げると、とても楽しそうにくすっと笑って「冗談だよ」と言いながら私の上から退いてくれた。

今のは、本当に冗談だったのかしら……。

「大丈夫。エレアの嫌がることはしないと言っただろう？　もちろん、結婚してからもね」

「……」

ラルは優しくそう言ってくれるけど、私はまたラルに我慢させてしまうことになるのかもしれない。

「ラル、あの……！」

だから勇気を振り絞ろうと思ったけど、身体を起こした私の頭に、ポン、とラルの手が乗った。

「いきなり無理しちゃ駄目だよ？　僕を誰だと思っているんだ。エレアのことならなんだってわかるし、いつまでだって待てるから。それにもう、僕は十分すぎるくらい幸せだからね」

「……わかったわ」

穏やかな口調でそう言って微笑んでくれるラルに素直に頷けば、ラルも嬉しそうに「よし」と言ってくれた。

結婚後の甘い生活を一瞬想像して、茹だったように真っ赤になってしまった私を、ラルはまた「可愛い」と言って抱きしめた。

◆厄災の種

その日の休憩中。騎士団の休憩室で、昨日届いた手紙を読んでいた僕は、思わず溜め息をこぼした。

どうしたものか……。

この手紙は、エレアの元義兄である、ツィロ・ホルトからのものだ。

若くして伯爵位を継いだツィロだが、相変わらず領地経営が上手くいっていない。

エレアをうちで引き取る際、キルステン家はホルト家と取り引きを行うことを約束している。

だから今でもホルト家と関わりがあるのだが、ツィロは資金繰りに困っているから金を貸して欲しいと、個人的に僕に手紙を寄越してきたのだ。

それでなくてもエレアを引き取るために、父はホルト家に十分な金を渡しているというのに。

ホルト家と未だに繋がりがあることを、エレアに気づかれるのは避けたい。ましてやツィロの名前など、二度とエレアの耳に入れたくない。

しかし、金を貸しても返ってこないということはわかっている。

「……いっそ潰れてもらおうか」

放っておいたら勝手に自滅しそうだが、今まではエレアの実母がいる家だと思い、力になってきた。

しかし、実母でありながら本人はエレアに手紙の一つも書いて寄越したことがない。エレアを引き取るときも、実母はいくら金が入るのかを気にしていたらしい。

正直、そんな母親にいつまでも情けをかける必要はないのかもしれないと思ってしまう。キルステン家は金も知識も十分に与えたのだ。あとは自力でなんとかしてもらいたい。


しかし、ツィロからの手紙を無視し続けて、一週間が経った頃だった。

「――なにをしているのですか」

「ああ、ラルフレット様。ご無沙汰しております」

その日、突然ツィロが王宮へやってきた。仕事中の僕を訪ねてきたのだ。

「手紙、読んでくれましたか？　お返事が遅いので、直接会いに来てしまいました」

「困りますよ、僕は仕事中なのですから」

城の者からツィロの来訪を聞き、仕事を抜けてきた僕は、応接室のソファで優雅にお茶を飲んでいた彼と向き合った。

「ああ、でもお屋敷のほうへ行くよりいいと思ったのですが……今度はそっちに行こうかな。エレアにも会いたいし」

「……なんだって？」

「エレアは元気ですか？」

冷たい印象を受ける、白に近い白金色の髪を後ろで束ねているツィロの口から出てきたのは、エレアの名前。

「義妹が元気でやっているか、たまには様子を見に行ってもいいですか？」

「元気ですよ。あなたが気にする必要はありません」

「本当かな。なにせあなたは手紙の返事も書けないくらいお忙しいようですから」

「……」

性格の悪さが顔に出ているかのように歪んだ唇の端が、ニッと上がる。

この男をエレアに会わせたくない。だから、うちに来られるのは困る。

取り引きを決めた際、彼が直接うちに来ることはしないよう約束しているはずだ。

せっかく元気になったエレアに、今更嫌なことを思い出させたくはない。

「本当の目的はなんですか」

この男が今更妹を心配しているはずがない。目的が金であることはわかっている。

「さすがラルフレット様。手紙にも書きましたが、ほんの少しでいいのでお金を貸していただけないでしょうか？」

下卑た笑みを浮かべて僕を見る毒のような紫色の瞳に、内心で溜め息を吐く。

「……わかりました。ですがこれが最後の援助です。それから、あなたが直接エレアに会いに行くことはないと改めて約束していただきたい。もし破ったら、ホルト家との取り引きは中止する」

「はいはい、わかりました。ありがとうございます」

笑いながら適当に返事をしているツィロの顔に苛立ちを覚えつつ、金と一緒に誓約書を用意することを決め、その場はお帰りいただいた。


しかし——。

「困ります。あれが最後の援助だと言ったでしょう？」

それから間もなく、父と母が領地に戻り家を空けているときに、ツィロがキルステン家を訪ねてきた。

エレアには気づかれないよう、使用人がこっそり僕に知らせに来てくれた。

彼女の部屋から離れた応接室で、僕は彼と向き合った。

「これが本当に最後です！　あと少しだけ資金があれば、必ず立て直してみせます！　ですからどうか、あと少しだけお金を貸してくれませんか？」

「……」

この男には、いくら金があっても無意味なのだろう。女か、酒か、ギャンブルか……。

なにに使っているのか知らないが、どうせ先日渡した金も仕事のための資金ではなく、己の欲を満たすために使ったのだろうということが容易に想像できる。

「これ以上しつこくするようでしたら、ホルト家との取り引きは中止させていただく」

父が留守の今、この家を任されているのは僕だ。それに、父も僕と同じ意見だろう。

「……残念です」

さすがにうちとの取り引きがなくなればホルト家の衰退が一気に進むのが目に見えているのか、僕の強い言葉にツィロは肩を落とすと、大袈裟に落ち込む素振りを見せて呟いた。

「お帰りください」

それでも同情を見せずに立ち上がり、お帰りいただくよう促す。するとツィロはぎゅっと拳を握りしめ、重い足取りで部屋を出ていった。

彼を見送るのは使用人に任せて、僕は一旦ソファに座り直して溜め息を吐く。

エレアの母親のためにもツィロには真面目に働いて欲しいが、場合によっては潰れてしまっても仕方ないだろう。

そうなることも覚悟して、その後の彼らの行く末をどうしようか考えていた僕は、想像より最悪な展開が訪れることになるとは、このときは思いもしなかった。

◆元義兄

今日は天気がいいから、お散歩がてらラディと庭に出て、お花を見ることにした。

「綺麗ね」

「うん、かわいい。エレアみたい」

「ふふ、ありがとう」

お父様とお母様は今領地に戻っているので、家を空けている。

その間、次期侯爵であるラルが王都にあるこの家を任されていて、私ももうすぐ次期侯爵夫人になるのだという自覚がふつふつと湧いてきている。

ラルも今日は登城していないけれど、部屋で仕事をしている。ラルは騎士の仕事以外にもやることがたくさんあって忙しい人。

「私ももっと勉強も頑張らないと」

「べんきょう？」

「そう、勉強」

「ぼくもがんばる？」

「ラディは大丈夫よ」

「そっか」

庭の花壇に咲いているお花を眺めながら、ラディの視線に合わせて膝を折った私。

ラディは本当に可愛い。なにもしなくても、そこにいてくれるだけで可愛い。

「エレア、元気だったかい？」

「……え？」

そのときだった。昔聞いたことがある、嫌な声が聞こえて、私の身体は硬直する。

声のしたほうをゆっくり振り返ると、そこには見覚えのある男が立っていた。

「――！」

忘れもしない。この男は私が元いた伯爵家の、ツィロ・ホルト。

どうして彼がここに……？

にこり、と口元だけで笑ったツィロに、私の頭は混乱と恐怖で覆われ、声が出せなくなる。

「どうして俺がここにいるんだって顔だな」

「……っ」

私の心を読むみたいにそう言って鼻で笑ったツィロの顔は、五年前と全然変わっていなかった。

性格の悪さが顔に出ている。あの頃の、嫌な記憶が蘇る。

「うちとキルステン家は取り引きをしているんだから、俺がいたってなにも不思議じゃないだろう？」

「取り引き？　キルステン家が、ホルト家と……？」

「あれ？　まさかエレアは知らなかったのか？　ひどいな、ここの人間は君に黙ってうちと取り引きしていたのか」

「……」

確かに、知らなかった。でもそれはきっと、父もラルも私のためを思ってのことなのだと思う。

もしかしたら、それが私をキルステン家に養女に出す条件の一つだったのかもしれない。

それにしても、いくら取引先だからって、当主自ら来るなんて……。

しかも父と母の留守中に。

今まで一度もこの屋敷で彼の姿を見たことがないのに。

「……なにか用？」

「久しぶりに会ったのに冷たい言い方だな。元気にしてたか？　俺はずっとおまえのことが心配だったんだ」

さらりと口にされた言葉には、感情がまるで込められていない。

あれから一度も連絡を寄越したことなんてないくせに。

〝嘘よ！　あなたが私の心配なんかするはずがない！〟

そう言ってやりたかったけど、残念ながらそんな言葉は喉につかえて出てこない。

「しかしおまえ、随分綺麗になったたな」

「……」

一歩、また一歩私に歩み寄ってくるツィロ。

「いいもん食って、いい服を着て、極上の扱いを受けているんだろう？　いいよな、おまえは幸せだな。妹のレーナがかわいそうだとは思わないのか？　おまえと一つしか違わないのに、あいつは未だに子供っぽいぞ」

子供っぽいのは、彼女にも問題があるように思うけど……。

昔、ほんの数年一緒に過ごしたレーナを思い出す。あの子はいつも我儘ばかり言って、よく泣いていた。

「しかもおまえ、ラルフレット様と婚約したらしいな。ハッ、兄妹だったくせに、やるよな」

なにが言いたいのだろう。そもそも、なにをしに来たのだろう。

ホルト家の話はあまり聞いていないけど、事業が上手くいっていないことだけは知っている。

あの頃から、そうだったけど。

「……それで、なんの用？」

距離を詰めてくるツィロを警戒しつつ、平静を装って再度問う。

私の隣で様子を窺うように大人しくしているラディに、ちらりと目を向けた。

ラディのベストについているブローチを握ってラルを思えば、私が呼んでいることがラルに伝わる。

できればラルの手を煩わせるようなことはしたくないけど、場合によってはラルに知らせなければ。

「可愛い義妹に婚約祝いを贈ってやりたいと思っているんだが……少しだけ金が必要でね。おまえからラルフレット様に頼んでくれないかな？　ああ、必ず返すし、お祝いも贈るから」

「……無理よ」

なにをわけのわからないことを言っているのかしら。

義妹にお祝いを贈るためにラルからお金を借りる？　そんなのおかしいわ。

ともかく、ツィロの目的はお金らしい。もしかしたら直接ラルに頼みに来たのかもしれない。

それで断られて帰る途中に、私を探しに来たとか……？

「どうしてだよ？　ラルフレット様に溺愛されているんだろう？　俺のところまで噂が届いているぞ。おまえの頼みなら、あの人もきっと聞いてくれるさ」

「そんなこと、私は頼まないわ」

私はもう、あの頃と違う。

あの頃はなにもできない子供だったけど、今はもうこの男とも対等に話せる大人になったのよ。

そう自分に言い聞かせて強気に言葉を返したら、ツィロは痛烈な舌打ちをした。

「あーむかつく。本当に世の中って不公平だよな。おまえもそう思わないか？」

「……」

思ったことはあるけれど、彼だって伯爵家の嫡男で、恵まれた環境で育ってきたはずだ。前ホルト伯爵は、優しい人だった。

「ホルト伯爵が残してくれたものを潰したのは、全部自分じゃない」

「おまえに俺の苦労がわかるかよ。突然知らない女が母親になって、そう思っていたら父上に死なれて俺が伯爵？　そんなこといきなり言われて、上手くできるわけないだろ」

だからキルステン侯爵が、一年もかけてツィロに色々と教えてくれたのに。

この男はなにも学ばなかったのだろうか。努力はしなかったのだろうか？

「おまえも昔はかわいそうだったよな。実の母親にまったく相手にされず、使用人から嫌がらせを受けていただろう？」

「……知っていたのね」

あの家の当主のくせに、それを知りつつ彼は見て見ぬふりをしていたということか。本当に最低な兄だった。ラルとは比べものにならない。

「知っていたが、俺に関係ないだろ？」

それなのに今更妹だからと頼ってくるなんて、どういう神経をしているのかしら。

「おまえは今も昔も、本当に使えない妹だな」

「あなたなんて、兄じゃないわ」

「……そうか。そうだな、俺たちも血は繋がっていないもんな」

苛ついた態度をまるで隠さずに、ツィロがそう吐き捨てると、いきなり距離を詰めて襲いかかってきた。

「ちょっと……！」

「なんだよ、新しい兄貴とはよろしくやってるんだろ？」

地面に押し倒されて、私の腕は簡単に拘束されてしまう。

あの日聞いた、サラの声を思い出す。

――気持ち悪い……!!

「エレア！　エレアになにするの！　はなして！」

抵抗する私を見て、ラディが焦ったようにツィロに飛びつく。

「ラディ！」

「あ？　なんだよ、このくま。ぬいぐるみのくせに生きてるのか？　気持ちわりぃ」

ツィロの身体をぽこぽこと叩くラディ。

そんなラディを鬱陶しそうに見つめて息を吐くと、ツィロはラディの頭を摑んでひょいと乱暴に持ち上げた。

「ちょっと……！　やめて！　ラディに触らないで!!」

「うわぁ、やめて！　はなして、はなして……！」

ラディも怒ってじたばた暴れながら、ツィロに向かって小さな手を突き出しているけれど、そのパンチはもうツィロに届かない。

「はは、なんだこいつ。そんなに大事か？　おまえ、いくつだよ。こんな古くて汚ねーぬいぐるみ、さっさと捨てちまえ」

「大事よ！　あなたの百万倍大事!!　だから触らないで!!」

ラディは私の大切な友達。辛いときも寂しいときも、いつも一緒にいて話を聞いてくれたかけがえのない存在。

どんなに馬鹿にされても、私がラディの存在に救われてきたことは変わらない。

だから私の年齢は関係ない。ラディはいくつになっても、一生私の宝物――。

「ふーん。こんなぬいぐるみ、壊れれば終わりだろ」

「な……っ」

そう言うと、ツィロはラディの腕をぐっと掴んだ。

「やめてよぉ、はなして……！」

そして、ラディの嫌がる声が私の耳に響いた瞬間。

ぶちり、と痛々しい音を立てて、ツィロがラディの腕を引きちぎった。

え……ちょっと待って、ラディになにしてるの……？

「……ラディ？」

そのままラディも、ちぎれた腕も、花壇の横にぽいっと投げ捨てるツィロ。

「もうガキじゃないんだ。あんなくまのぬいぐるみより、大人の女はみんなもっといいことをしてるんだぞ？　ラルフレットは教えてくれなかったか？」

「………」

腕をもがれてぽとりと地面にうつぶせで落ちたラディを見つめて、私の中からなにかがざわざわと込み上げてくる。

ツィロがなにか言っているけれど、頭に入ってこない。

「本当にいい女になりやがって……」

スッと、ツィロの息が首にかかり、彼がそこに顔を埋めたのだとわかった。それでも私の視線はラディから離せない。

ラディ？　ねぇ、ラディ。起きて。動いて。

ねぇ、どうしてなにもしゃべらないの……？

「大人しくしていれば痛いことはしないから」

言いながら、滑らせるような手つきで脇腹を撫でられて、私は自分がぶるぶると震えていることに気がついた。

「怖いのか？　大丈夫、みんなしていることだから」

ツィロの甘く、気持ちの悪い声が耳元で聞こえる。荒い息づかいに吐き気がする。

――違う。私は怖くて震えているんじゃない。

怒りで、だ。

「……なにするのよ」

「あ？　なんだ？」

「なにするのよ!!」

誰かに殺意を抱いたのは、初めてだった。

震えるほど強く拳を握りしめていたことに気づいた瞬間、身体中を巡っていたなにかが一気に頭まで上り、胸に落ちてきたと思った途端に、溢れ出すのを感じた。

「うわっ!?」

かぁっと、身体が燃えるように熱くなる。

「なんだ!?」

私の上にいたはずのツィロが、いつの間にかそこに転がっているのが視界に映る。

「……ひどい……ひどいわ」

私は起き上がってラディのちぎれた腕と身体を拾い上げ、ぎゅっと胸に抱いた。

ラディはまるで普通のぬいぐるみのように、動かない。

「許さない。許さない許さない許さない許さない……！　絶対に許さないから!!」

「な、なんだよ！　たかがぬいぐるみだろ!?」

地面におしりをつけたまま、混乱した様子で喚くツィロを、鋭く見下ろす。

「黙って。あなたも今、同じ目に遭わせてあげるから」

「…………は？　エ、エレア……？」

ただ悲しくて、悔しくて、許せなかった。信じられないほどの怒りが込み上げてきた。

私の大切なラディに、こんなことするなんて。

「な、なんだこいつ……!?」

すると、考えるでもなく、地面からズズズズズ——と地鳴りのような音がして、ノームが現れた。

私の五倍はある、大きな大きな土の塊のような、精霊。

土の精霊であるノームを扱うのはまだ難しい。こんなに大きなノームが私の前に現れたのは、初めて。

「ねぇ、お願いだからもう消えて？」

「は、はあ……？　……っ!?」

怒りの感情が強すぎて、なにを考えたのか自分でもよくわからなかった。

けれど、ノームは動いた。

情けなく震えているツィロの頭を雑に掴んで持ち上げると、腕を掴む。

「ぐあ……っ!?　痛いッ、なんだ、やめろ……！　痛っ、いててててて……！　や、やめてくれ……っ!!」

途端に醜い声を上げるツィロ。

知らない。ラディと同じ目に遭って、後悔すればいいのよ。

「痛い痛い痛い痛い――っ、悪かった、俺が悪かったから――!!」

〝ボキッ――〟

「ギャァァァァ!!」

「エレア!!」

屋敷中に響き渡りそうなほど大きな声でツィロが叫んだとき。ラルが私の名前を呼んだ。

「ラル……」

その瞬間、私の身体からふっと力が抜けて、地面に膝をついた。そして胸の奥がぎゅっと締めつけられて、涙が込み上げてくる。

「ぐあ……っ!?」

「エレア！　大丈夫か!?」

それと同時に、ノームは消えた。

ツィロの身体が地面にどさりと落ちる。

ラルはそんなツィロに一瞬目を向けてから、真っ先に私に駆け寄り、心配そうに肩を抱いて

くれた。

「ラル……ラディが……」

そんなラルに、胸の中に抱いていた、腕のちぎれたラディを見せる。

「……っ！　大丈夫だよ、ラディはメアリに直してもらおう。彼女の裁縫の腕を知らないのか？　すぐに元通りになるよ」

「でも……しゃべらないの……動かないの……ラディは……もうっ」

「大丈夫」

腕のちぎれたラディを見て、ラルも一瞬顔をしかめたけれど、すぐに私を安心させるように優しく微笑むと、強く手を握ってくれた。

「ラディはびっくりして気を失ってしまっただけだ。でもぬいぐるみだから、痛みも感じていないよ」

「……本当？」

「本当だ、ほら、よく見て」

「……」

ラルに言われてラディの顔をよく見てみると、微かにだけど口元がすよすよと動いていた。

「……寝てる？」

「そう、寝てるんだ」

「……っ！　よか……っ」

深く安堵してとうとう涙をこぼした私のもとに、バタバタと使用人たちも走ってきた。

その中にメアリの姿もあって、彼女は私たちに駆け寄るとラディを見て頼もしく言った。

「お任せください！　大丈夫ですよ、エレア様！　ラディちゃんは私がしっかり元通りにしてみせますから」

「ええ……お願い……メアリ……」

メアリの言葉に、私の心はゆっくりと落ち着きを取り戻していく。

ラディは無事なのね。寝ているだけなのね。痛みも、感じていないのね……？

よかった、本当に、よかった……。

「く……、なんだ……なんなんだ……！」

すると、地面に転がっていたツィロが肩を押さえながら上体を起こした。

同じ目に遭えばいいとは思ったけど、彼の腕は繋がっているようだ。骨は折れたと思うけど。

「どうしてあなたがここにいるのでしょうか。エレアには会うなと、言いましたよね？」

ツィロに向き合い、冷たい声でそう言ったラルに、ツィロはぐっと言葉を呑み込んだ。

「それは……」

「勝手な真似をされては困るなぁ……まったく。おまえはそんなに死にたいのか？」

「!?」

ツィロのほうに身体を向けたラルの表情は、私からは見えない。けれど、その声を聞くだけで、ラルがとても怒っているのがわかる。

「いっ、今、こいつに殺されそうになったのは……！　お、俺のほうだぞ⁉」

「エレアになにをしたんだ？」

「…………は？」

ざらついた声で叫びながら私を指したツィロに、ラルは間髪容れずに問う。

「どうしてエレアの背中が土で汚れているのか……説明してもらおうか？」

「…………それは」

ツィロは答えられない。答えられるはずがない。だって答えたら、その瞬間命はないだろうから。

こんなに怒っているラルは私だって見たことがないし、とても怖い。ツィロもそれがわからないほど、馬鹿ではない。

「これ以上エレアになにかしたら……本当に命はないと思え」

「……あ、……ああ…………」

まだ地面に座り込んでいたツィロと視線を合わせるようにしゃがみ込んだラルが、とても静かにそう言った。

さぁっと顔から血の気が引いていくツィロと、まるで剣のように鋭いラルの声に、私までぞくりと一瞬身体が震える。

いつも優しくて、穏やかなラルからは想像もつかないような冷たい声だった。

けれどそれは同時に、ラルの怒りの激しさを表していた。

「とにかく、あなたは約束を破った。誓約書に基づき、今後ホルト家との取り引きの一切を中止させていただく」

「あ……、待って、待ってくれ……！」

「二度とこの家にもエレアにも近づかないでいただきたい。もし近づいたらそのときは——」

最後に、ラルはツィロの耳元でなにかを囁いた。

なにを言ったのか私の耳には届かなかったけど、それを聞いたツィロは青白い顔で口をパクパクさせて、目に涙を溜めて震えていた。

それから、腰の抜けてしまったらしいツィロは、使用人たちに引きずられるようにしてこの屋敷から出ていった。

＊

ラルとともに部屋に戻って二人きりになった途端、急に押し寄せてきた安堵感に力が抜けて、私はぽすりとソファに腰を下ろした。

「エレア……怖かったね」

「……」

ラルも隣に座って、その大きな身体で私を包み込んでくれる。

ラルはもう、いつもと同じ、優しくて穏やかな声をしていた。

今になって、急に身体が震え出す。

「僕のせいだ。ごめんね、もう誰にもエレアを傷つけさせないと決めたのに。僕があいつから目を離さなければよかった」

「……ううん。来てくれてありがとう、ラル……」

よしよし、と背中を撫でながら、私が落ち着くまでラルはずっとそうしてくれていた。

腕がちぎれて動かなくなってしまったラディを前に、私は取り乱してしまったけど、ラルの温もりはとても安心する。

ラルがいてくれたら、きっと私はなにがあっても大丈夫。

「――落ち着いた？」

「ええ、ごめんなさい」

どれくらいそうしていただろうか。ようやく落ち着いた私に、ラルは優しい笑顔を向けてくれた。

自分のことでいっぱいいっぱいになっていたけれど、ラルやお父様は私のためにあんな男とずっと取り引きをしてくれていたのだ。お礼を言わなければ。

「ラル……今までずっと、ありがとう」

「……なんだかその言い方は、エレアが僕の前からいなくなってしまうみたいで嫌だなぁ」

「あ……っ、もちろん違うわ。その……私のために、今までずっとホルト家と取り引きをしてくれていたのでしょう?」

「いや、正当なビジネスとして関わっていただけだから。でもこれで本当にあの家との繋がりはなくなるから、安心して欲しい」

「……ええ」

最後に、ラルになにか言われて青ざめていたツィロの顔を思い出す。さすがにこれ以上うちと関わろうとはしないような気がする。

というか、ラルはあのときツィロになんて言ったのかしら。知りたいような、知りたくないような……。

「僕のほうこそごめんね。エレアに黙って勝手なことをしていた」

「ううん、ラルもお父様も、私のためにしてくれたことだとわかっているから……でも、一つだけ」

「……ん?」

私にラルを責めることなんてできない。ラルには本当に、感謝しかない。だけど、一つだけどうしても言わせて欲しいことがある。

「これ以上、一人で抱え込まないで」

「……エレア」

フローラさんのこともそう。ラルは私に気を遣いすぎて、一人で抱え込んでしまう。

今回だって。きっとラルは以前からツィロにお金を要求されていたに違いない。

あの男のことだから、私を盾に取りラルを脅した可能性だって考えられる。

「なにも知らなくてごめんなさい。私……ラルが一人で悩んでいたのに、なにもしてあげられなかった……」

「エレア……僕は大丈夫だよ。エレアの笑顔が見られたら、僕はそれだけで幸せなんだ。それなのに、顔も見たくないような男に会わせてしまって……怖い思いをさせてしまったことが本当に悔やまれる」

ほら。ラルはいつだって私のことを最優先に考えてくれる。

「怖くなんかないわ。……本当はちょっとだけ怖かったけど……でも、ちゃんと一人で追い返せた」

「……そうだね。でもエレアの魔力には驚いたな。暴走しかけたみたいだけど、エレアの中にはあんなに大きな魔力が眠っていたんだね」

「あれは私も驚いたわ……」

あのときは、とにかく頭に血が上って、カッとなって力を制御できなかった……。

ううん、本当に許せなくて、そんな気持ちが溢れるままにノームを操ってしまったのだと思う。

まさかあんなに大きなノームが私の言うことを聞いてくれるなんて、今思い出してもすごいことだと思う。

今度はもっと落ち着いた状態でやりたい。さすがにやりすぎるところだった。

あのまま続けていたらどうなっていたか、私にもわからないけど、気をつけなければ。

「鍛えればきっと、立派な精霊使いになれると思うよ」

「ええ……ありがとう。とにかく、ラルはもう少し私を頼ってね」

「ああ……。エレアはいつの間にか、こんなに強くなっていたんだね」

「そうよ。もう守られているだけの子供じゃないのよ？」

お互い、五年前からこんなにも成長した。

ラルだって、あのときより大きくて、強くて、とても格好よくなった。

私だって、同じように成長している。

「……ねぇ、エレア。口づけてもいい？」

「えっ」

そっと私の頬に手を添えると、ラルは私の顔を優しく持ち上げて視線を交えてきた。

サファイアのような綺麗な瞳に、私が映し出されている。

ラルはいつだって、まっすぐ私を見てくれている。

「確認しなくていいって、言ったでしょう……？」

「エレアに〝いい〟って、言って欲しくて」

「もう……」

その言葉に小さく微笑むと、「愛してる」と囁いた彼の唇が私の唇を塞いだ。

――好き。私は、あなたのことが大好き――。

＊

ラルとの結婚式は大仰なものではなく、身内と仲のいい人たちだけで和やかに行われた。

国で一番大きな教会ではなかったけれど、歴史ある荘厳な教会で、大切な人たちに祝福されて、私とラルは正式に夫婦となった。

「エレア、僕と結婚してくれてありがとう」

「こちらこそ……いつも私と一緒にいてくれて、今日まで守ってくれてありがとう」

その言葉の半分は、〝兄〟としてのラルに向けたものだったかもしれない。

「でも、これからは私もラルを守るわ。二人で一緒に幸せを作っていきましょうね」

「ああ、そうだね」

私はラルの笑顔が好き。

優しい瞳で微笑んでくれると、すべてのことはなんとかなるような気さえする。

それから、ラルの大きな手が好き。

私を守るように抱きしめてくれて、安心させるように手を握ってくれて、愛おしそうに頭を撫でてくれる。

そして、ラルの心の強さも、私を思いやってくれる優しさも、たくましい腕も、くまのぬいぐるみみたいなやわらかい髪も、全部が、大好き。


あの日、私が憧れた男の子が。

あの日、私を助けに来てくれたヒーローが。

あの日、私の兄になった初恋の人が——。

今、私の夫になった。

この人を守るためなら、私はなんにだってなれる。なんだってできる。

「エレア」

「ん？」

「大好きだよ。愛してる」

だから、この先もずっと、ずっと、この人の隣にいられるように、私はラルとともに幸せになる——。

「私も大好きよ。愛してるわ、ラル」

「ぼくもふたりのことがだいすきだよ」

「ふふっ。私も大好きよラディ。ずっと一緒にいましょうね」

「うん」

ピンクブロンドの蝶ネクタイをつけて、鮮やかなブルーのベストを着て、サファイアのブローチを胸につけて。

腕がすっかり元通りになったラディが、私たちの間に座って、いつものように可愛く笑った。

書き下ろし
番外編①

ラディの特別

◆ラディの特別

ぼくはラディ。くまのぬいぐるみ。

「それじゃあラディ、行ってくるわね」

「うん、いってらっしゃいエレア。きをつけてね」

今夜はパーティーに参加するエレアをお部屋から見送って、ぼくはベッドに座った。

ぼくはエレアのことが大好き。エレアは優しくて、泣き虫で、頑張り屋さんで、ぼくのことが大好きな女の子。

エレアとはもう、六年も一緒にいる。

エレアは大きくなった。綺麗にもなった。

ぼくはというと、エレアに出会った頃とあまり変わらない。

でもいいんだ。ぼくはぬいぐるみだから。

だけど、ぼくはエレアのことを誰よりも知っている。

エレアが独りのときに一緒にいるのはぼくだった。

ラルもエレアのことが大好きでよく一緒にいるけど、エレアのことを一番知っているのはぼくなんだ。

ぼくはエレアが大好き。


ぼくがエレアの友達になった頃、エレアは今とは違う家に住んでいた。

その家にはラルもいなかったし、エレアはいつも独りだった。

ごはんも今みたいにお腹いっぱい食べられなくて、エレアはいつも寂しそうにしていた。

でもぼくは、いつもエレアと一緒だった。

エレアが泣きそうな顔をしたら、ぼくがエレアを抱きしめてあげた。そしたらエレアも嬉しそうにぼくを抱きしめてくれて、「ラディ大好き」って言うんだ。

「ぼくもだいすきだよ」

そう返したら、エレアはにっこり笑ってくれた。

ぼくはエレアを守るために、エレアのもとにやってきたんだ。


それからしばらくして、ぼくとエレアはその家を出た。

ある夜、ぼくのことを抱えて家を飛び出して、エレアは走った。

エレアがよくぼくに話してくれていた、ラルのところに行くんだって。

ラルは、エレアにぼくをプレゼントした男の子。

ラルはいい人だって、エレアからいつも聞いてた。

でも、走っても走っても全然ラルのところに着かない。

このままじゃエレアがぼろぼろになっちゃう。大変だ。ラル、迎えに来て。

そうお願いしたら、馬が来た。

男の子が乗ってて、転んで倒れたエレアを抱き上げてくれた。

ラルだ。

ぼくの毛の色と同じ髪の色の男の子。

これでエレアはもう大丈夫だね。そう思った。


それからエレアは毎日幸せそうだった。

ラルの家はすごく大きくて広くて、ここに住んでる人はみんなすごく優しく笑っていた。

ぼくにもあったかいミルクとふわふわのパンをくれたし、毛並みを優しくとかしてくれた。

すごく嬉しい。

ぼくとエレアの部屋は、前の家より広くなった。毎日お掃除もしてくれるし、シーツも替えてくれる。

毎日ふかふかのベッドで眠れて、毎日甘いお菓子を食べられるようになった。

ラルも毎日部屋に来て、ぼくとエレアとお話しした。

すごく楽しかった。

エレアはラルと一緒に出かけるようになった。

ぼくはぬいぐるみだから、あまりエレアと一緒に出かけられない。

でも時々、ラルと三人でピクニックに行けた。外はラルの家よりも広くてすごいんだ。

ラルの家も広いから、ぼくには十分だけど。

エレアが大きくなると、すごく綺麗なドレスを着て、〝おしろのパーティー〟に行くようになった。ぼくはお留守番。

〝おしろ〟っていうのがどういうところなのか一度見てみたいとも思ったけど、エレアは疲れて帰ってくるから、きっと大変なところなんだと思う。

「ただいま、ラディ」

「おかえりエレア、おみやげは？」

「あるわよ。今日はビスケットをもらってきたの。しかもジャムが乗ってるのよ」

「わぁ、それはすごいや。いっしょにたべよう」

エレアはぼくを置いて出かけるけど、よくぼくに〝おみやげ〟を持ってきてくれる。

離れていてもエレアがぼくのことを考えてくれているんだってわかって嬉しい。

だからぼくは一緒にパーティーに行けなくてもいいんだ。

「おいしいね、エレア」

「よかった。……もう、ラディ、またこぼしてるわ」

「ごめん。ビスケットはかじるとぽろってわれちゃうんだ」

そう言いながら、エレアは笑ってぼくがこぼしたビスケットのかけらを拾ってくれる。エレアは優しい。

「ふふっ。そうだわ、ミルクも飲む?」

「のむ。おさとうもいれて」

「はいはい、ラディは本当に甘いものが好きね」

「すき。でもいちばんすきなのはエレアだよ」

「まぁ、私も大好きよラディ」

そこにノックの音が。

「エレア、入るよ」

「ラル――どうぞ」

ぼくとエレアがビスケットを食べていたら、いつものようにラルがやってきた。

最近はエレアとラルが前よりもっともっと仲良しになった。一緒にいる時間が長いんだ。

どうやらエレアとラルは〝けっこん〟っていうのをするみたい。そしたらこれからもずっと一緒にいられるんだって。

ぼくはエレアの一番の友達。エレアにとってぼくほど大切なくまは他にいない。ぼくは特別なくまなんだ。

でもラルもエレアにとって特別な〝ひと〟だ。知ってる。

ラルはぼくをエレアにプレゼントした人だから、ぼくにとっても特別。

ラルのおかげで、ぼくはエレアと出会えたからね。

だから、ラルだけはエレアを独り占めしても許してあげる。

「エレアは本当に可愛いね」

エレアの隣に座ったラルがそう言うと、エレアはすごく嬉しそうにする。

ほっぺを赤くして、ちょっと困ったように笑うんだ。

「ぼくもそうおもう。エレアはかわいい」

「ふふ、ありがとう。ラディもとっても可愛いわ」

「ありがとうエレア」

ぼくがエレアに可愛いって伝えたときと、ラルがエレアに可愛いって伝えたときの反応は少し違う。

ラルがエレアのほっぺを触って、二人はとても近くで顔を合わせた。顔と顔がくっつきそう。

どうしてそんなに近くで見つめ合うんだろう。ラルは目が悪いのかな？

最近二人はよくぎゅーってし合ってる。

ぼくもぎゅってするのは好き。だからエレアとラルがぎゅってしている後ろから、エレアに抱きついてみた。

エレアはラルのことも大好きみたい。


「ラル、紅茶にレモンを入れる？」

「ああ、そうしようかな」

「ぼくもいれるよ」

「ねぇラル、これ見て。フランカ様からとっても綺麗なイヤリングをいただいたの」

「とても綺麗だ。エレアに似合いそう」

「うん。にあいそう」

だからぼくは、エレアが大好きなラルの真似をする。

「僕はエレアのことが好きすぎて辛いよ」

「ぼくもすきすぎてつらい」

「もう、なに言ってるのよ二人とも」

エレアはぼくの頭を撫でてくれるし、ぎゅってしてくれる。

でもぼくは小さなぬいぐるみだから、ラルみたいにエレアのことを包み込んであげることはできない。

ラルはエレアより大きくて強いから、エレアのことを守ってあげられる。

ぼくだってエレアのことを守ってあげるけど、ラルには敵わないんだ。

「可愛いエレア」

「ラル……」

そう言ってエレアの頭を撫でて、エレアの口に自分の口をくっつけるラル。

そういうとき、二人はぼくのことを見ない。

だからぼくはエレアの背中によじ登って、エレアの頭をなでなでしてあげる。

でも無言のラルが、ぼくをそっと摑んで自分の後ろにぽんっと置いた。

エレアのことが見えなくなっちゃった。

エレアがラルとくっついて静かにぎゅーってしてる時間は、きっとラルだけに許された特別なものなんだと思う。〝けっこん〟する人としか、こういうことはしないんだって。

ぼくはエレアの大切なくまだけど、〝けっこん〟はできないんだ。

〝けっこん〟は一番好きで、一番特別な人とするって、フランカが言ってた。

だから本当はちょっと、ラルのことが羨ましい。

でもいいんだ。


「――見てラディ、結婚式で着るドレスが出来上がったの！」

「わぁ……すごくきれいだね、エレア」

エレアのドレスは、ぼくのベストと同じ色。

「そうでしょう、ラディとお揃いよ」

「うん、ぼくとおそろい」

綺麗な青。ラルの目の色ともお揃いだね。

「ラディにはこれを」

「ぼくのりぼん？　かわいい。エレアのかみのいろとおそろいだ」

「そうよ」

そう言って、エレアは嬉しそうにぼくの首にピンクのりぼんをつけて鏡の前に連れていってくれた。

「とても似合うわ。結婚式でラディはこれをつけてね」

「うん。そうするよ、ありがとうエレア」

「腕もすっかり元に戻ってよかったわ」

ぼくはこの間、昔エレアが住んでいた家にいた男に腕をちぎられて、メアリに直してもらったばかり。

「本当に痛くなかった？」

「……ほんとうは、ちょっぴりいたかった」

「え!?　そうなの!?　ごめんねラディ」

「う、うそだよエレア、いたくなかった。でも……しんぱいした？」

「もう……すごく心配したわ、ラディ……」

「じゃあ、ぎゅってして？」

そう言って甘えたら、エレアは「いいわよ」と言ってぼくを優しく抱きしめてくれる。

ぼくはエレアをすごく心配させちゃったんだ。

腕が直るまでエレアに会えなかったし、エレアはたくさん泣いたと思う。

みんなの前では強がっているけど、エレアが泣き虫なのはぼくだけが知ってる。

あのときはびっくりしたけど、ぼくはこの通り、すっかり元通り。

心配かけてごめんね、エレア。

「これからもずっと一緒にいましょうね。大好きよ、ラディ」

「ぼくもだいすきだよ、エレア」

書き下ろし
番外編②

王女とラディ

◆王女とラディ

私はこの国の、末の王女。

上には兄が二人と、姉が一人いる。

私は兄や姉、父と母にとっても可愛がられて育った。

みんな私を「可愛いフランカ」と言って甘やかしてくれるし、欲しいものはなんでも買い与えてくれる。

私はいつか国のための政略結婚をする。王女として生まれたのだから、仕方ないことなのだと、わかってる。

けれど、姉は小さい頃に婚約者が決まったのに、私は十六歳になっても婚約者がいなかった。

それは私を溺愛している父が、愛娘をどこに嫁がせるかとても悩んでいるから。

そうこうしているうちに、私は隣国から留学で我が国を訪れていた、ジャックと恋に落ちた。

私を他国に嫁がせたくない父は、話を聞こうともしてくれなかった。

そこで、私がどれだけ本気でジャックと結婚したいと思っているかわかってもらうため、エレアのところに家出した。

その夜はエレアとラルフレットを二人きりにしてあげようと思い、私はラディと一緒に寝た。

もちろん私はくまのぬいぐるみがなくても、本当は一人で眠れるけどね。

エレアに迷惑をかけた、せめてものお詫びよ。まぁ、どちらかというとラルフレットのほうが喜んでいると思うけど。

ラディと二人でベッドに横になった私は、眠る前にラディに話しかけてみることにした。

「ラディはいつからエレアと一緒にいるの？」

「ぼくはエレアがじゅういっさいのときからいっしょにいるよ」

「へぇ……それじゃあこの家に来る前から一緒にいるのね」

「うん、そうだよ。ラルがぼくをエレアにあげたんだ」

「……そうなのね」

しゃべって動くくまのぬいぐるみなんて、初めて見た。

一体どんな魔法がかかっているのか知らないけど、この子は自分がぬいぐるみであるという自覚があるのかしら？

「フランカさまってながいなまえだよね。ぼくはラディだしエレアとラルもみじかくておぼえやすいんだけど」

「……そうね。それじゃあ私のことはフランカって呼んでいいわよ。それなら簡単かしら？」

「うん、そうだね。わかったよフランカ。よろしくね」

あっさりと敬称を省いて、早速私を呼び捨てにするラディ。

もしかして、私の名前は〝フランカさま〟だと思っていたのかしら。

エレアがキルステン侯爵家に養女として来たのは知っている。父の友人であるキルステン侯爵の一人息子として、私はラルフレットと昔からよく顔を合わせているから。

けれど、エレアのことは実はよく知らない。

何度も会ったことはあるけれど、エレアも私も社交的なほうではない。

今回のことをエレアに頼んだのは、ここが父と仲のいいキルステン侯爵家であるということと、父からエレアとラルフレットが婚約するという話を聞いたから。

脅すようなことを言ってエレアには申し訳なかったけど、おかげで今回の作戦への協力を了承してくれた。

「ねぇ、ラディ。エレアってどんな子？」

「エレアはやさしくてかわいいこ」

「そう……具体的には？」

「ぐたいてき？　よくわかんないけど、エレアのことはぼくがずっとまもってきてあげたんだ」

「へぇ……ラディがエレアを守ってきたの？」

「そうだよ。エレアがなかないように、ぼくがいっしょにいたの」

少し自慢げにそう言ったラディに、私の口元が思わず緩む。

「ここでの暮らしは楽しい？」

「たのしいよ。まえのおうちではごはんがあまりもらえなかったんだ。ぼくはぬいぐるみだからたべなくてもへいきなんだけど、エレアはぼくにもごはんをくれたんだ」

「そうなの……」

自分のことをぬいぐるみと言った。ちゃんと自覚があるのね。

今ラディが言った前の家とは、エレアがキルステン家に来る前の、ホルト伯爵家のことだわ。

エレアがなぜキルステン侯爵家に養女として来たのか詳しいことは知らないけれど、なんだか深い事情がありそうね。

「エレアはすごくやさしいんだ。ぼくはたべるのがすきだから、いつもじぶんのぶんをわけてくれるの」

エレアのことを語るラディからは、エレアのことが好きだという気持ちが伝わってくる。

「……前の家では、エレアもあまり食事をもらえていなかったの？」

「うん。だんだんすくなくなっていったの。でもときどき、おへやにパンとミルクをもってきて、ふたりでこっそりたべてた」

「そう……」

「すぐおおきなこえをだすこわいひとがいてね、そのひとにみつかるとおこられるんだ。エレアはすごくさみしそうだったし、かなしそうだった。だからぼくがエレアといっしょにいて、まもってあげたの」

「そう……」

なんとなくわかった。

エレアはホルト家で虐げられていたのね。

なぜラディが動くようになったのかはわからないけれど、エレアにとってラディがどういう存在なのかはよくわかった。

それに、ラルフレットのことも。

きっとキルステン家は、エレアを助けるために養女として迎えたのね。

「ラディはエレアのことが本当に好きなのね」

「だいすきだよ。いちばんすき」

「それじゃあ、大好きなエレアとずっと一緒にいたいわよね？」

「うん。いっしょにいるよ。ラルともね」

ラディのふわふわの口からはっきり語られた言葉には、強い絆を感じる。

エレアはラディやラルフレット、キルステン侯爵夫妻にとても大切にされているのね。

「フランカはおうちにかえれなくてさみしい？」

「ふふ、ここには私が自分の意思で来たのよ」

「そうなんだ。もしかして、ごはんをあまりもらえないの？」

「違うわ。お腹いっぱい食べさせてもらってるし、泣いてもいないから、大丈夫よ」

「そうか。フランカはあいされてるんだね」

「……ええ」

とてもまっすぐで純粋な言葉。

エレアの過去を聞いた後だから、その言葉が余計私の胸に染みた。

私はお父様からちゃんと愛されている。それはわかっているわ。でも……。

「フランカ」

「なに？　ラディ」

「さみしくなったら、ぼくをぎゅってしてもいいよ」

「……まぁ、ありがとう。ラディも優しいのね」

「そうかな」

私は幸せ。それでも私の微妙な表情を読み取ったのか、ラディはそう言って私にふわふわの小さな手を伸ばした。

せっかくだから、ラディをぎゅってさせてもらうことにする。

もふもふでふわふわの毛並みが気持ちいい。

ラディのほうも私に抱きついてくれているけど、動物のようにあたたかいとは言えないし、軽い。抱きしめるとちゃんとぬいぐるみなんだって、わかる。

でもラディはやわらかくて、とても優しい。

「フランカにもすきなひと、いる？」

「いるわ。ずっと一緒にいたいと思える人が」

「そうなんだ。ずっといっしょにいられるといいね」

「ええ」

本当に、そうだわ。

ジャックは、私が王女であることとなんて関係なく接してくれる。ジャックだけは私という人間を見てくれて、向き合ってくれる。そんなジャックを私は失いたくない。大切にしたい。だからお父様を困らせているのはわかっているけど、この気持ちだけは貫き通したい。今回の私は本気だって、わかって欲しい。

「……本当に、好きなのよ」

「ん？」

心の声が漏れてしまった私を、ラディが見上げる。

「もっとたくさん、ぎゅってする？」

「ふふっ。ありがとう、ラディ。エレアはラディがいつも一緒にいてくれて、幸せね」

「ぼくもしあわせだよ」

「そうでしょうね」

きっとエレアとラルフレットは、ずっとお互いを強く想ってきた。

兄妹であることを受け入れ、エレアが別の人と婚約しても。

その想いが成就する日が近いのは、私にはわかる。

「ラディもエレアもラルフレットも、これからはずっと幸せに過ごせるわ」

「うん、フランカもそうだといいね」

「ええ、きっとそうなってみせるわ」

新しくできたふわふわな友達のおかげで、私は穏やかな気持ちで眠りにつくことができた。

書き下ろし
番外編③

今はまだ、知らない

◆今はまだ、知らない

あの日――。

エレアにあげたブローチから、助けを呼ぶ反応があった。

そのブローチには僕の魔力を込めていて、エレアが助けを求めると彼女がどこにいるのか感じ取れるようになっている。

既に夜が更けていたが、父にも伝えて急いで馬を走らせた。

そしてエレアが当時暮らしていたホルト伯爵家に向かっている途中で、彼女が倒れているのを見つけた。

僕は驚いて馬から飛び降り、彼女の身体を抱き上げた。

エレアは僕を見て安心したように目を閉じたが、その腕にはくまのぬいぐるみが抱かれていた。

「きみがラル？」

「え……？」

「ぼくはラディ。エレアのおともだちだよ」

「……くまのぬいぐるみが、しゃべった？」

エレアの腕の中から「よいしょ」と抜け出てきた〝ラディ〟は、そう言って僕に右手を差し出した。

「ラルがぼくをエレアにあげたんでしょう？」

「……」

混乱しつつも、もふもふの小さな手をおそるおそる握り返して、問う。

「……ラディ、君は話せるのか？」

「うん。ラルのことはエレアからきいてるよ」

「……そうか、とにかく行こう」

こんな魔法は見たことがない。だがとにかく今はエレアの身体が心配だ。

そう思い、家に向けて馬を走らせた。

「どこにいくの？」

「僕の家だよ」

「ラルのいえか。たのしみだなぁ」

「……」

エレアは寝ているから、落ちないよう僕がしっかりと支えた。

ラディも落ちてしまわないよう僕が支えてやろうとしたが、彼は自分で手綱に摑まっていた。

信じられない……。

確かにこれは、僕があげたくまのぬいぐるみだ。

あのときはなんの変哲もない普通のぬいぐるみだったはずだし、僕は魔法をかけていない。

では、一体誰が……？

まさか、エレアが自分で魔法をかけて自我を持たせたのか？

しかし、エレアがそんな稀少な魔法を使えるとも、思えない……。

「エレアはずっとラルにあいたがってたんだよ」

「そうなのか……。エレアはどうしてこんな時間に一人で歩いてきたんだ？」

「ひとりじゃなくて、ぼくといっしょだよ」

「……そうだね、どうして二人で歩いてきたんだ？」

「エレアはね、いつもさみしそうにしてた。エレアのいえのひとはだれもエレアにかまってくれなかったし、いまもミルクをまってたのに、こなかったんだ」

「そうなのか……」

エレアはとてもやせている。とても軽かったし、年齢のわりに、身体が小さい。

「食事もろくにもらえていなかったのか？」

「うん、そうみたい。ぼくはたべなくてもへいきなんだけどね。でもエレアはやさしいから、ときどきぼくにもパンとミルクをくれたんだ」

「そうか……」

エレアがやせているのを見れば、彼女があの家でどんな扱いを受けていたのか想像できる。

許せない……！

「――ラルフレット様、こちらへ……！」

「ああ」

キルステン家に到着すると、外で待っていてくれた使用人がすぐに僕の腕の中からエレアを受け取ってくれた。

部屋もベッドも用意してくれていて、エレアを寝かせた。

「ラル、そちらのくまちゃんは？」

「ああ、彼は――」

「ぼくはラディ。エレアのおともだちだよ」

エレアを心配して一緒に来てくれた母は、僕が抱いていたラディを見て、目を見開いた。

「……しゃ、しゃべるの？」

「そうみたいなんだ。どんな魔法がかかっているのか不思議だけど、エレアとずっと一緒にいてくれたらしい」

「そう、ぼくはエレアとずっといっしょにいたよ」

「そうなのね……ありがとう、ラディちゃん。私はラルの母親よ」

「ラルのおかあさんかぁ。やさしそうなひとだね」

「……」

無邪気にそう言ったラディの感想に、『エレアの母親は優しくなかったのか？』と聞きたくなったが、やめておいた。答えはわかっている。

使用人たちもしゃべって動くラディを見て驚きの色を顔に浮かべたが、さすがは侯爵家の使用人。動揺は見せず、平常心を保ってくれた。

「ラルのいえのひとはみんなやさしいね」

「え？」

「エレアのおうちのひとはね、すぐおおきなこえをだすよ」

「……そうなの？」

「うん。ぼくはエレアのへやからでなかったけど、エレアがおおきなこえで、おこられているのがきこえるんだ。そしたらエレアは、ぼくをぎゅってするの」

「……そうだったの」

それを聞いて、母が切なげに目を細めた。

「エレアはおなかがすいているから、おきたらミルクをもらえる？」

「ミルクでいいの？」

「うん。ホットミルク。エレアがのみたいっていってたけど、もらえなかったから」

「そうなのね……。もちろんよ。あなたも飲む？」

「いいの？」

「ええ、他に欲しいものはある？」

「パンがたべたい。エレアにも、おきたらもらえる？」

「わかったわ。でもお腹が空いているのなら、他にもなにか用意するわよ？」

「エレアはいつもパンをたべていたから、パンがいいとおもうんだ」

「そうなのね……」

そんなものでいいのか……。

きっと母もそう思ったのだろうが、エレアはパンとミルクくらいしか、食べていなかったのだと思う。

ラディの口から語られる何気ない言葉に、僕も母も胸を痛めた。

それからすぐに、使用人にパンとホットミルクを用意してもらい、ラディに食べさせた。

ちょうどパンが焼き上がったばかりだったらしく、まだあたたかいふわふわのパンを前に、エレアのベッドに座っていたラディが立ち上がって手をパタパタと動かした。

「わぁ、いいにおい」

「うふふ、好きなだけ食べていいのよ」

「え？　ほんとう？」

母はラディに、「テーブルに移動しましょうか」と声をかけたが、ラディはエレアのそばから離れるのを躊躇(ためら)った。

なので、ベッドサイドのテーブルに置いたパンに手を伸ばすラディ。

「あれ？　ラルのいえのパンはやわらかいんだね」

「ラディが食べていたパンは固かったのか？」

「うん。こんなにふわふわしてないよ。もっとかたくてたべにくかった」

「……そうか」

おそらく、古くなったパンしか知らないのだろう。

「うわぁ、すごくおいしいね！　こんなにおいしいパンははじめてたべたよ」

無邪気に語られるラディの言葉に、いちいち胸が痛む。

「蜂蜜もありますよ」

「いいわね。ラディちゃん、蜂蜜は好きかしら？」

メアリが持ってきた蜂蜜の瓶を受け取り、母がラディに問う。

「はちみつ？」

ラディは蜂蜜も初めてのようだ。

「すごい、もっとおいしくなった！　ラルのいえには、おいしいものがたくさんあるね！」

「たくさん食べていいからね」

「ありがとう。ぼくもエレアも、ずっとラルのいえにいられたらいいのに」

＊

そんなラディの願いは、案外あっさりと叶った。

ホルト家に行った父が、エレアを養女としてうちで引き取ると話をつけてきたからだ。

このとき僕が、もっと早くこの想いを父に伝えていたら、状況は変わっていたのかもしれない。

エレアを妹ではなく、婚約者として迎えられていたかもしれない。

僕がもっと強くて、大人で、しっかりしていれば——。

僕は何度も、エレアの婚約者としてこの家で過ごしている夢を見た。

エレアの兄ではなく、婚約者になっていたらどう過ごしていただろうかと、何度も想像したからだと思う。

しかし目覚めると、それが現実ではない事実に落胆した。

いつかエレアが、僕ではない誰かと婚約する日が来る——。

エレアは少しずつこの家に慣れてきて、よく笑うようになった。

来たばかりの頃は食も細かったが、食べる量も増えて健康的になってきた。

「エレア、十三歳の誕生日、おめでとう」

「ありがとうございます、お父様、お母様、ラル。……でも、こんなにたくさんのごちそう、本当にいいのかしら……」

「もちろん。エレアはもうこの家の子なんだ。遠慮はいらないよ」

その日はエレアの十三歳の誕生日だった。

家族と、使用人たちみんなでエレアを盛大に祝って、侯爵家の料理人が腕によりをかけて作ったごちそうを食べた。

「嬉しい、こんなにたくさんのごちそうを用意してくださるなんて……!」

「おいしいね、エレア」

「うん! 本当に美味しいわね、ラディ」

鶏肉のソテーに、鹿肉をやわらかく煮込んだシチュー。新鮮な野菜のサラダとバターの香る白身魚のムニエル。高級店から取り寄せたソーセージと、ナッツや香辛料が入ったハム。

もちろん、焼きたてのふわふわパンも。

それから、色とりどりのフルーツを使ったゼリーと、大きな誕生日ケーキも用意された。

僕とエレア、それからラディはぶどうジュース、父と母はワインで乾杯した。

伯爵家であれば、これくらいのものは食べたことがあってもいいはずだが、エレアは一口食べては本当に美味しそうに感動して見せた。

「ラルのいえのこになれて、よかったね、エレア」

「……そうね、ラディ。本当に、この家に来られて、私は幸せです」

「私たちもエレアが娘になってくれて、毎日とても楽しいよ。なぁ、ラル」

「ええ……そうですね」

そんなエレアを見て、父や母は嬉しそうに微笑んでいる。父にそう振られたら、僕は頷くしかなかった。

「ラル……あの日助けに来てくれて、本当にありがとう」

「ううん。エレアが笑っていてくれるなら、僕はそれでいいんだよ」

「……うん」

「はっはっはっ、ラルもすっかり兄の顔になったな！」

「……」

だが、ご機嫌にワインを飲んでそう口にした父の言葉には、頷くことができなかった。

僕が今言った言葉は嘘ではないが、それは兄として言った言葉ではないから。

これからもずっと、僕がエレアを笑顔にしたいし、その笑顔を隣で見ていたい。

そこまで語ったら、エレアはどんな顔をするだろうか？

このときの僕はまだ、それを口にする勇気がなかった。

「うれしいなぁ。ぼくとエレアは、これからもずっとここにいられるんだよね？」

「そうだよ、ラディ。二人ともずっとここにいていいよ」

「やったぁ！　うれしいね、エレア」

「ええ……、そうね」

「はっはっはっ！　まぁ、まだしばらくはそうだがな！」

父の言葉の意味をわかっていないラディは、きょとんとした顔で僕の言葉に純粋に喜んだ。


〝エレア、僕と結婚しよう〟


いつかその言葉が言える日は来るのだろうか……。

このときの僕は、エレアと僕が結婚する幸せな未来が訪れることを、まだ知らない。

あとがき

こんにちは、結生まひろです。

この度は『婚約者に浮気された直後、過保護な義兄に「僕と結婚しよう」と言われました。』をお手に取っていただき、誠にありがとうございます。

このお話は、私が小説を書き始めてちょうど一年が経った頃に書いたものでした。

悲しい過去を持つヒロインが優しいヒーローに救われ、義理の家族に愛され、強くなっていくお話。

そんなお話が書きたくて、執筆一年の記念に筆を執ったのですが、書籍化という素敵なご縁をいただき、とても嬉しいです！

この作品は、ＷＥＢ版から大きく改稿しております。

ＷＥＢ版ではラディは動かない普通のぬいぐるみでした。しかし、書籍化するにあたり、「ラディ、動かしません？」と、担当様に素晴らしいご提案をいただき、「いいんですか⁉」と、張り切ってラディに魂を吹き込むことにしました。

それが楽しくて楽しくて……。私は、子供の頃からくまのぬいぐるみが好きだったので、ラディの腕がツィロにちぎられるシーンは感情移入しすぎて泣きながら書きました……。（照）

番外編や購入特典のSSも、気づけばラディの話ばかりに……。これ、もうラディの大冒険というタイトルで一冊書けるな……!? なんて思ったりもしました! (笑)

そして、そんなラディをとってもとっても可愛く描いてくださいました月戸先生には、大変感謝しております! 担当様と二人で悶えました……!! ラディ、可愛すぎる……!!

それにエレアもすごく可愛くて……! すごくいい子そうで、これはくまのぬいぐるみを大切にしているだろう! というのが伝わってきました。

ラルも想像通りの格好よさで、優しそうで、大好きです!

更にフローラやポール、フランカ王女とツィロもイメージ通りすぎて、「月戸先生、私の頭の中覗きました……!?」と思ってしまいました!

月戸先生、とても素敵なイラストを、本当に本当にありがとうございます!

そして、いつもお世話になっている担当編集様、編集部の皆様、可愛いデザインを考えてくださいましたデザイナー様。本作の制作、販売に携わってくださいましたすべての方に感謝申し上げます。

最後になりますが、ここまで読んでくださいまして、本当にありがとうございます!

またお会いできることを願って。

二〇二三年九月吉日　結生まひろ

この本を読んでのご意見・ご感想・ファンレターをお待ちしております。
〈宛先〉　〒104-8357　東京都中央区京橋3-5-7
　　　　（株）主婦と生活社　PASH!ブックス編集部
　　　　「結生まひろ先生」係
※本書は「小説家になろう」（https://syosetu.com）に掲載されていたものを、改稿のうえ書籍化したものです。
※この作品はフィクションであり、実在の人物・団体・法律・事件などとは一切関係ありません。

婚約者に浮気された直後、過保護な義兄に「僕と結婚しよう」と言われました。

2023年10月16日　1刷発行

著　者	結生まひろ
イラスト	月戸
編集人	山口純平
発行人	倉次辰男
発行所	株式会社主婦と生活社 〒104-8357　東京都中央区京橋3-5-7 03-3563-5315（編集） 03-3563-5121（販売） 03-3563-5125（生産） ホームページ　https://www.shufu.co.jp
製版所	株式会社二葉企画
印刷所	大日本印刷株式会社
製本所	下津製本株式会社
デザイン	井上南子
編集	星友加里